Schönschreiben

ALOIS BRANDSTETTER

Schönschreiben

Residenz Verlag

Satz: Schaber Satz- und Datentechnik, Wels
Printed in Austria by Wiener Verlag, Himberg
ISBN 3-7017-1003-1

Als ich 1944 mit der Volksschule begann, war noch der sogenannte *Schulerpack*, ein aus Schweinsleder bestehender, steifer, innen mit einer Sperrholzplatte gefestigter kofferartiger Rucksack mit zwei Schulterriemen und einem Verschluß mit einer Schlaufe an der überfallenden Lasche, der Brauch. Dieser Ranzen glich in seiner Art ein wenig dem *Felleisen*, das auch längst aus der Mode gekommen ist. In einem der beiden durch ein Zwischenleder getrennten Fächer des *Schulerpacks* befand sich die Schiefertafel. Die Tafel war in Holz gefaßt und wie ein Bild gerahmt. Auf der Vorderseite war sie mit Linien, ähnlich Notenlinien, versehen, während die Rückseite keine Vorzeichnung aufwies. Die Vorderseite war zum Schreiben, die Rückseite zum Zeichnen bestimmt, daher die Unliniertheit. An dieser Tafel aber war der Schwamm befestigt. Zur Befestigung diente eine etwas längere Schnur, die zwischen Tafel und Schwamm Distanz herstellte und erlaubte, daß der Schwamm aus der Tasche hängen und im Freien baumeln konnte. So wurde er, der immer feuchte und oft zu stark getränkte Schwamm, daran gehindert, im Innern der Tasche, etwa an der Hausaufgabe auf der Tafel, Schaden anzurichten oder das Leder aufzuweichen, wenngleich es freilich auf einen Fleck mehr oder weniger nicht angekommen wäre.
Wer wie ich fünf ältere Geschwister hatte, konnte natürlich beim Eintritt in die Volksschule mit keinem neuen Schulerpack rechnen, wie ich auch mit einer bereits gebrauchten Tafel vorliebnehmen mußte. Es war mit dem Schulgerät nicht anders als mit der Kleidung.

Als Nachzügler war man der geborene Nachtrager. Bei den Schuhen war es ähnlich, anders nur insofern, als wir im Sommer barfuß gingen. Mein ältester Bruder trat übrigens nicht nur barfuß, sondern auch *barhaupt* in die Schule ein, wie man auf einem Schulphoto sehen kann. Wie froh war ich, daß man wenigstens von dem Brauch, die Buben geschoren oder *geschert* in die Schule zu schicken, abgekommen war, und daß ich mein Haar, das gescheitelte mit jener Tolle an der Stirn, die man den *Kuhschlecker* nannte, behalten durfte.

Obwohl mein erster Einschulungsversuch in das Jahr 1944 fiel, der freilich nach wenigen Monaten abgebrochen werden mußte, wegen der Kriegsereignisse und der Fliegerangriffe, und ich dann erst im Herbst 1945 richtig beginnen konnte, bekam ich schon bei jenem ersten Versuch nur noch die lateinische Schreibschrift und nicht mehr die Kurrentschrift, die damals auch oft die *gotische* genannt wurde, beigebracht.

Meine älteren Geschwister lernten noch beide Schriften, die lateinische, die eine meiner Schwestern einmal irrtümlich die *römisch-katholische* nannte, und die *gotische*, die man dann vielleicht die *heidnische* hätte nennen können. Sie wuchsen also *zweischriftig* auf. Als ich fünfzehn Jahre später Deutsch und Geschichte studierte und mich ganz besonders zur *älteren Abteilung* und ihren alten Schriften und Handschriften hingezogen fühlte, erlebte ich jenen fehlenden Unterricht in *gotischer* Schrift als ausgesprochenen Mangel: *Scriptura currens defecit*. Ich habe die Kurrentschrift natürlich nachgelernt, doch alles, was man zu spät beginnt, lernt man nicht mehr richtig und gründlich. Und so liegen meine Kenntnisse eher im Passiven als im Aktiven. Und da ich im wesentlichen in Kurrent nicht viel mehr als meinen

Namen zusammenbringe, muß ich mich, was das angeht, als einen partiellen Analphabeten bezeichnen. Von wie vielen Menschen in meiner Umgebung sagte man damals, daß sie *nicht viel mehr als ihren Namen schreiben* könnten! Und es gab auch einige, wenn auch nicht mehr viele echte Analphabeten, weil ihre Eltern sie als Kinder nicht in die Schule, sondern aufs Feld geschickt hatten. Wer sich übertrieben mit *Schriftlichkeiten* beschäftigte, stand auch schnell im Verdacht, sich von der *eigentlichen Arbeit*, der körperlichen Arbeit nämlich, drücken zu wollen.

Mein Vater hatte zwar nur eine einklassige Volksschule besucht, beherrschte aber beide Schriften. Und er war stolz auf diese Kenntnis! Um sein Wissen unter Beweis zu stellen, unterschrieb er eines meiner Zeugnisse, ein Formular, das beide Semesternoten auf einer Seite anführte, eine Spalte *Erstes Halbjahr* und eine Spalte *Zweites Halbjahr* – einmal kurrent und einmal lateinisch, beide Male übrigens den Vornamen nach dem Nachnamen oder Familiennamen, wie es auch der Brauch war. Meine Lehrerin sollte sehen, welch gebildeten Vater ich habe, einen, der nicht nur als Müller, Bäcker und Bauer seinen Mann stellte, sondern, wenn auch kein Schriftgelehrter, so doch ein Schriftkundiger war, dem man weder lateinisch noch deutsch ein X für ein U vormachen konnte...

»Na, was hat sie denn gesagt, die Fräulein?« fragte mich der Vater. – »Die Fräulein hat gesagt, die Unterschrift sollte immer gleich ausschauen«, sagte ich. – »Langweilige Person!« sagte mein Vater.

Erst viel später merkte ich, daß an den Schriften ernstere und weiterreichende Gesinnungen, ja Weltanschauungen festgemacht, sozusagen *festgeschrieben* waren und daß namentlich die Sütterlin-Schrift ein besonderes Ansehen genoß, in einem bestimmten Ruf stand oder, je nachdem, auch verrufen war. Sie war eben die *deutsche* Schrift, wenn sie auch, 1935 an den deutschen Schulen als die *deutsche Schreibschrift* eingeführt, bereits 1941 durch die sogenannte *deutsche Normalschrift*, eine lateinische Schrift (!), ersetzt wurde. Man hat es sich 1941 also insofern leichtgemacht, als man die lateinische oder, wir könnten auch sagen: europäische, ja abendländische Schrift einfach *germanisierte* und zur *Deutschen Normalschrift* erklärte. Deutsch und normal... Mein partieller, *sekundärer* Analphabetismus, meine Sütterlininsuffizienz hat mich übrigens bei den Recherchen zu meinem Roman *Vom Manne aus Eicha* sehr behindert.

Der Roman handelt von dem 1818 verstorbenen Lambacher Benediktiner Koloman Fellner, der als der erste österreichische Lithograph gilt. Er hat bei Alois Senefelder, dem Erfinder der neuen Drucktechnik, die Lithographie erlernt und sie *eingeführt*, aus Bayern nach Österreich importiert.

Reimportiert gewissermaßen, da der in Prag geborene Senefelder als Österreicher, als Auslandsösterreicher, und seine Lithographie somit als eine österreichische Erfindung gelten kann. Fellner war als Schüler immerhin über zwanzig Jahre älter als sein Lehrer Senefelder, und es zeugt vom Eifer und der Offenheit Fellners gegenüber technischen Neuerungen, daß er sich als relativ alter Mann zu Senefelder nach München aufmachte, um in dessen Druckerei etwas dazuzulernen. Doch das war sozusagen Fellners Problem, mein Problem war, wie gesagt, die schwer leserliche *gotische* Schrift, in der der handgeschriebene, von Pater Wolfgang Kollendor-

fer, Fellners erstem Biographen, stammende Lebenslauf vor mir lag.
Ähnlich mag es Jean-François Champollion, dem französischen Ägyptologen gegangen sein, als er zum ersten Mal der Hieroglyphen ansichtig wurde und bevor er zu der rettenden Einsicht kam, daß es sich dabei um keine Symbol-, sondern eine Lautschrift handelte. Kollendorfers *Hieroglyphen* jedenfalls war ich nicht gewachsen, dieser ausgeschriebenen kleinwinzigen Kursive. Da erinnerte ich mich an einen Seniorenstudenten aus meinem Seminar an der Universität, der dort in den Diskussionen schon oft den konservativen Standpunkt des *Altertums* vertreten und manch sogenannten geharnischten Beitrag zur Diskussion geliefert hat.
Die Seniorenstudenten, meist pensionierte Frauen und Männer, spielen in dieser Hinsicht an der Universität eine in meinen Augen wichtige Rolle. Gerade wenn von der Vergangenheit und der Geschichte die Rede ist, melden sich die Älteren zu Wort und rücken aus ihrer Sicht einiges zurecht. »So war es ja auch wieder nicht...« Die Geschichtsbetrachtung wird durch das Zeugnis dieser Augen- und Ohrenzeugen, dieser *Zeitzeugen*, authentisch, das heißt stichhaltig. Natürlich gibt es auch viel uneingestandene und verdrängte Schuld, oder wenn schon nicht Schuld, so doch Uneinsichtigkeit, Mangel an Weitsicht, Engstirnigkeit und Dummheit. Die Vorfahren werden nicht viel besser, aber wahrscheinlich auch nicht viel schlechter gewesen sein als die gegenwärtig Lebenden. Unter den Seniorenstudenten sind freilich auch viele sogenannte Junggebliebene, die sich gerne mit der jungen Generation solidarisieren, Frauen etwa, die nach lebenslangen Erfahrungen mit dem Patriarchat nun dem Feminismus zu-

neigen und die jungen Studenten und Studentinnen (StudentInnen schreibt man heute...) vor Illusionen warnen. In meinen Seminaren der sogenannten Alten Abteilung finden sich *naturgemäß* freilich weniger die Progressisten unter den Älteren, sondern eher die älteren Liebhaber des Alten ein. Hin und wieder verirrt sich auch ein alter Vergangenheitsverherrlicher unter die jungen Vergangenheitsbewältiger. Und ich mußte auch schon manchmal klarstellen, daß ich das Nibelungenlied für eine große Dichtung halte, jene Zeit aber, als das Nibelungenlied besonders in Mode war, für keine große Zeit... Es kommt nichts Gutes heraus, wenn das Relative absolut gesetzt wird.

Als ich aber meinen eifrigsten Seniorenstudenten um die Transkription der Kollendorfer-Biographie Fellners bat, um zu erfahren, was ein Mönch über einen anderen geschrieben hatte, ging es weniger um Weltanschauung als um Paläographie, weniger um Wissenschaft als um Hilfswissenschaft, nicht um Vergangenheitsbewältigung, sondern um Schriftbewältigung. Und ich hatte mich in meinem Helfer nicht getäuscht. Mit Ausnahme weniger Stellen, die weder er noch seine Frau, die sich als die noch versiertere Leserin und Beherrscherin des alten »Gotischen« herausstellte, lesen konnten, bekam ich eine in schöne deutsche Normalschrift übertragene Vita Fellners.

Ich bekam aber zu der kalligraphischen Vita Koloman Fellners in deutscher Normalschrift auch noch eine Lehre obendrein. Die durch jenen Assistenzdienst und meine Dankbarkeit für denselben entstandene menschliche Nähe nützte mein Senior zu einer kleinen Zurechtweisung, einer *correctio*, genaugenommen zu einer als Bitte formulierten Beanstandung: Ich wurde also ersucht und gebeten, einige ärgerliche Amerikanismen der Popgeneration hinkünftig zu unterlassen oder zu unterdrücken. Vor allem handelte es sich um das amerikanische Wort *okay*, das ich angeblich öfters verwendete, ohne daß es mir bewußt war. Es habe im Wissenschaftsgespräch nichts verloren und sei absolut unpassend.

Und er nannte mir auch das deutsche, sozusagen gute alte Wort *gut*, das ich als Synonym für amerikanisch *okay*, wie er meinte, *in Anwendung bringen* könne.

Für das *okay* sei ich, sagte der um gut zwanzig Jahre ältere Student, schon zu alt. Ich trüge ja auch keine blaue Leinenhose (Bluejeans) und keine weißen Turnschuhe (adidas), sondern ein schwarzes Beinkleid und feste braune Lederschuhe. Und er sagte mir bei der Gelegenheit – alles *in camera caritatis* – noch weiteres und mehr. Er redete nicht eben Fraktur mit mir, aber doch deutlich, gewissermaßen in Kapitalen und Großbuchstaben.

Ich fühlte mich, während mein Hörer auf mich, den fünfzigjährigen und viel ans Emeritieren denkenden Mann einredete, ganz wie der Zögling, der ich vor vierzig Jahren am Kollegium Petrinum im Linzer Internat gewesen war. Wie oft war mir *gut* zugeredet worden, manchmal auch weniger gut als ernst und streng, und es hatte nicht immer etwas gefruchtet und geholfen. Tu dies und unterlasse jenes! Jedenfalls erlebte ich in diesem Augenblick ein Gefühl, das ich schon für ganz erloschen und abgetötet hielt. Offenbar glühte es aber noch ein wenig unter diesem Berg Asche, und mein Hörer hatte in dieses Glutnestchen hineingeblasen. So wurde ich während der Beanstandung ganz zum Kind, und es hätte mich überhaupt nicht mehr gewundert, wenn mein Korrektor am Schluß gesagt hätte: Und damit wir es nicht vergessen, schreibst du bis morgen zwanzigmal untereinander in schöner Sütterlin:

Ich will in Zukunft das Wort okay vermeiden

Ich will in Zukunft das Wort okay vermeiden

Eigentlich sprach *mein alter Herr*, der Seniorenstudent, ein pensionierter Lehrer, mit mir ja nicht viel anders als ich mit meinen Söhnen. Wie oft rede ich auf sie ein, um ihnen etwas auszureden. Mit immer neuen und doch sich wiederholenden Argumenten versuche ich etwa, ihnen einige Zeitgeist- und Lieblingsvokabeln des Fäkalwortschatzes madig zu machen und abzugewöhnen. »Wenigstens bei Tisch und beim Essen könnten die Herrn Söhne«, sage ich, »auf dieses oder jenes Wort verzichten.« Ich predige also Enthaltung. Die Mahlgemeinschaft leidet unter diesen Gemeinheiten, so geraten wir auf ein Niveau weit unter der Tafel. Aber es hilft auch nicht viel, sondern belustigt oder langweilt die Edukanden eher, wenn ich davon rede, daß die Sprachwissenschaft davon spricht, daß die vielverwendeten Wörter ihr Gewicht und ihre Bedeutung verlieren, daß sie schal und leer werden, und die Lehre der Leere ist, daß immer neue Tabuwörter gebraucht werden, weil die alten längst nicht mehr schrecken. Die Euphemismen verlieren ihre verhüllende Wirkung, die Metaphern ihre Bildlichkeit, und die Schimpfwörter hören allmählich auf zu schimpfen und zu schmähen. Mit einem Wort und auf den Fäkalwortschatz hin gesprochen: Die Scheiße stinkt nicht mehr. Mir aber stinkt der Fäkalwortschatz, und darum will ich ihn nicht mehr hören. Es gehe, sage ich, beim Sprachgebrauch nicht viel anders zu als beim Drogenkonsum. Man müsse ständig die Dosen erhöhen, um die gleiche Wirkung zu erreichen. »Wenn ihr so weiterredet«, sage ich, »werde ich euch demnächst ein schmerzstillendes Mittel für mich vom Taschengeld abziehen. Wir wollen hier speisen und nicht fressen, und darum wollen wir dabei entweder schweigen oder sprechen, aber nicht unappetitlich palavern. Verstanden!«

Als mich mein Senior ins Gebet nahm, durfte ich mir insofern überstreng behandelt vorkommen, als ich ja kein häßliches Fäkalwort, etwa *shit*, oder, wie sie neuerdings ungeniert gebraucht werden, kein sexistisches Wort in den Mund genommen hatte, sondern das harmlose *Okay*. Dieses Wort hat in meinem Leben bereits eine lange, wenn nicht schon ehrwürdige Tradition. Ich hörte es im Frühjahr nach meinem ersten mißlungenen Einschulungsversuch des Jahres 1944, als nämlich die Amerikaner in Oberösterreich einrückten. Bestimmt hätte ich jenes Fremdwort nicht aufschreiben können, weil doch im Englischen, wie man weiß, Lautung und Schreibung so weit auseinanderliegen, da die Engländer ihre Orthographie mit einer großen Konservativität, ja schon Rücksichtslosigkeit auf einem archaischen Stand erhalten und festgeschrieben haben, über den die Lautwirklichkeit längst hinweggegangen ist. Man hat vergessen, orthographisch *nachzujustieren*. Mit einigen wenigen Ausnahmen schreiben die Amerikaner wie die Engländer, obwohl sie wieder ganz anders sprechen. Mir sind diese Widersprüche wenige Jahre später, als ich am Welser Bundesrealgymnasium mit dem Englischunterricht begann, sehr schnell aufgegangen. So schrieb man im Englischen ein *Wort der ersten Stunde* und altererbt wie das inkriminierte *Okay*, als *Lumberjack*. Das Wort bezeichnet ein Kleidungsstück für den Mann, eine Art Jacke aus Leder mit kord- (das heißt *Schnürlsamt*-)besetzten Schultern, einem Reißverschluß statt der Knöpfe und einem Gummizug im unteren Bund, nicht zu vergessen die vier Taschen, gerade geschnittene obere Täschchen und schräge untere zum Verstauen der Hände oder Aufbewahren des Sacktuchs. Diesen Rock- oder Joppenersatz, deutsch gesprochen, nannten die Amerikaner in privatsprachlicher Umschrift *Lemberdschek*.

Lumberjack ist der amerikanische Ausdruck für den Holzfäller, und das entsprechende Kleidungsstück war wohl ursprünglich ein Arbeitskleid, das sich wegen seiner Kürze und dem schmalen Schnitt besonders zur Waldarbeit eignete. In die vielen Taschen konnte man Nägel oder Werkzeug stecken. Die Engländer also sprechen *lamber,* die Amerikaner *lember,* und geschrieben wird: *lumber.* Da sollte sich einer, namentlich ein oberösterreichisches Bauernkind, auskennen! Inzwischen ist der *Lumberjack* oder doch eine lumberjackähnliche Jacke mindestens einmal zurückgekehrt und wieder in Mode gekommen. Die Zeit aber, die mir noch so lebendig in Erinnerung ist, als mein ältester Bruder auf seiner Puch 250 TF im Lumberjack beim Scheunentor auf die Schotterstraße hinausgefahren ist, kommt nicht wieder. Okay!

Was in der amerikanischen Besatzungszone das *Okay* war, war in der russischen des Mühlviertels das *Karascho*. Jedenfalls erinnere ich mich, daß ein Mitschüler am Kollegium Petrinum in Linz-Urfahr dieses merkwürdige Wort, das mir auch aus den Erzählungen der

Rußlandheimkehrer, von denen ich viele in unserer Stube gehört habe, bekannt war, öfters gebrauchte. Ich bat diesen Schüler aus der russischen Besatzungszone einmal, mich lateinische Vokabeln abzufragen. Konnte ich die Vokabeln, so sagte er nicht *gut* oder *okay,* sondern *karascho.* Was heißt »das Verbrechen?« fragte er, ich antwortete »*scelus sceleris* neutrum.« Er darauf: »Karascho.« Brennen, verbrennen? *Cremo cremare cremavi crematum!* Karascho! Reich? *Dives divitis.* Karascho. Arm? *Pauper pauperis.* Karascho!

Es gibt ein Gesetz, das besagt, daß sich in der Entwicklung des Individuums, also des einzelnen Menschen, die Entwicklung der Stammesgeschichte wiederholt. Dieses sogenannte *biogenetische Grundgesetz* stammt von Ernst Haeckel, und man könnte es – großzügig – auf den Bereich des Schulwesens ausdehnen. Es wiederholt sich bei der Einschulung und beim Erwerb der grundlegenden Kulturtechniken Lesen, Schreiben, Rechnen des einzelnen Kindes, was bei der Alphabetisierung des ganzen Volkes, der deutschen Stämme, vor allem der Franken durch Alkuin, das Haupt der Hofakademie Karls des Großen, schon einmal stattgefunden hat. Alkuin, der Engländer oder Angelsachse, von dem Karl der Große nach einer Begegnung in Parma so angetan war, daß er ihn zu so etwas wie seinem *Kultusminister* machte, zum Abt des Klosters St. Martin in Tours und anderer Klöster, war der eigentliche *Primus Praeceptor Germaniae,* der erste Lehrer Deutschlands. Er hat diesen Ehrentitel mindestens genauso verdient wie Hrabanus Maurus, dem er eigentlich verliehen wurde. Aber es war Alkuin, der den Franken Lesen und Schreiben beigebracht hat. Schreiben und Lesen und Religion, in dieser Reihenfolge. Mit der Schrift *De orthographia* hat er das philologische Fundament für seine Theologie gelegt. Auf die Orthographie folgt die Orthodoxie. Zuerst Schreiben und Lesen und dann Beten. Weder mit den Kenntnissen des einen noch des anderen war es zum besten bestellt. Alkuin von York, aus dem Zentrum der Gelehrsamkeit der damaligen Welt kommend, war in die Wüste geraten. Über die Priesterausbildung etwa heißt es, daß der Kandidat wenigstens das Glaubensbekenntnis und das Vaterunser kennen sollte. Es heißt aber auch in der Priesteranweisung eines Bischofs: *Wenn der Priester nichts von alledem beherrscht, so solle er dem Kirchenvolk wenigstens den Grundsatz predigen, vom Bösen abzulassen und das Gute zu tun.* Primitiver geht es kaum noch. Heute wird man zwar beim Klerus, sicher aber nicht bei den sogenannten Taufscheinchristen die Kenntnis von Taufgelöbnis, Vaterunser, Glaube an Gott und Sündenbekenntnis, wie sie der sogenannte *Weißenburger Katechismus* des 9. Jahrhunderts enthält, voraussetzen können.

Alkuin, der Verfasser der Schrift *Über die Orthographie*, würde Augen machen, wenn er die folgende Zeitungsmeldung lesen könnte. (Die Schrift selbst, der Buchstabentyp dieses Artikels hätte, nach allem, was wir von ihm wissen, sicher seine Zustimmung gefunden.)

ANALPHABETEN IN DER BRD

Fast vier Millionen Deutsche können nicht lesen und schreiben.

Wer glaubt, Deutschland als die Heimat der Dichter und Denker sei eine Insel der Seligen mit nur ganz wenigen Analphabeten, der irrt gewaltig. Fast vier Millionen der knapp 81 Millionen Deutschen haben in der Schule lesen und schreiben so unzureichend erlernt, daß sie es in der Praxis nicht mehr anwenden können. Des Lesens und Schreibens unkundige Ausländer, die in Deutschland leben, sind in dieser Zahl noch nicht einmal enthalten. Die Stiftung Lesen (Mainz) schlägt Alarm: Einer der reichsten Kulturnationen der Welt drohe der »Verfall der Lese- und Schreibkultur«.

Trotz Schulpflicht. Wie kommt es, daß sogar in einem Land wie Deutschland, wo es Schulpflicht gibt, so viele Analphabeten leben? Vor allem Hauptschüler aus schwachen Bildungsschichten lernen oft nie richtig lesen und schreiben, meint Solvrig Weber von der Stiftung Lesen. Zu einer verwackelten Unterschrift seien viele der fast vier Millionen Analphabeten noch fähig, aber im Straßenverkehr fänden sie sich nur schwer zurecht, weil sie nicht die Schilder lesen könnten.

Doch die Situation in Deutschland ist nachgerade paradiesisch: Nach Schätzungen der UNESCO gibt es weltweit bei einer Bevölkerung von 5,45 Milliarden fast eine Milliarde Analphabeten.

So wie es Alkuin vorsah und wie es im Weißenburger und anderen *Katechismen* schon in der Karolingerzeit geregelt und für die Laien in Deutsch oder der *Volkssprache* und für die Kleriker auch in Latein postuliert worden war, lernten wir am Kollegium Petrinum die wichtigsten Gebete der Christenheit auch lateinisch beten. Und da ich sie *in Gebrauch gehalten* habe, habe ich sie inzwischen auch nicht vergessen. Nicht vergessen habe ich auch eine Geschichte, die sich rund um die lateinischen Gebete am Petrinum zugetragen hat: In der zweiten Klasse, in der Sekunda, österreichisch gesprochen, in der Quinta, auf das deutsche Schulsystem hin gesagt, mußten wir einmal in der ersten Stunde eine Latein-Schularbeit schreiben. Ich war nun zufällig oder vielmehr, wie es einem festgesetzten Plan entsprach, an diesem Tag als Vorbeter für das Schulgebet eingeteilt. Der Lateinlehrer betrat mit dem Pakken Schularbeitshefte unter dem Arm und seiner Tasche das Klassenzimmer und legte alles auf den Katheder. Dann stellte er sich davor und drehte sich zum Kreuz an der Stirnseite der Klasse. Man sah ihm an, schon wie er die Klasse betrat, daß er es eilig hatte. Er wollte um unseretwillen keine Zeit verlieren. Vermutlich wartete eine schwere Arbeit auf uns, ein wahres *examen rigorosum*!

Ich ließ es aber diesmal als Vorbeter nicht bei einem *Paternoster,* wie es sonst üblich war, bewenden, sondern fügte auch noch ein *Ave Maria* an. Bevor ich mit dem zweiten Gebet begann, machte der Lehrer bereits Anstalten, mit dem Kreuzzeichen das Gebet zu beenden und die Hefte auszuteilen, nahm dann aber wieder Haltung an und schickte sich in die Fortsetzung des Gebetes. Als ich aus einem mir heute nicht mehr erinnerlichen Grund, sicher nicht aus Bosheit, wohl eher aus Angst vor der schweren Prüfung, die uns bevorstand, und auch aus Verlegenheit, nach dem zweiten Gebet nicht schließen, sondern mit einem *Salve regina* fortfahren wollte, unterbrach mich der Lehrer, sprach laut das *In nomine patris et filii et spiritus sancti Amen* und schlug ein großes lateinisches Kreuz. »Seit wann werden denn hier Rosenkränze vor dem Unterricht gebetet!« sagte er wütend. Er war wohl überhaupt einer jener weltlichen Professoren, die an der bischöflichen Lehranstalt unterrichteten, ohne mit den kirchlichen

Vorstellungen ganz konform zu gehen, was Erziehung und Schule betraf. Einverstanden war er als humanistisch hochgebildeter Lehrer aber sicher mit der Wertschätzung, die die klassischen Sprachen Griechisch und Latein an der Schule genossen. Namentlich Latein war in unserem Bewußtsein eine wirklich *heilige* Sprache. An diesem Nimbus und dieser Aura der Latinität lag es wohl auch, daß ich immer der Meinung war, daß die besten Lateiner letztlich die Priester selbst waren, die übrigen waren eben Laien... Geistliche Lateinlehrer gab es immerhin zwei im Lehrkörper. Von ihnen hatte ich also die Vorstellung, daß sie einen gewissermaßen übernatürlichen Zugang zur lateinischen Sprache hatten. So war ich später, als ich an der Universität im Rahmen meines Geschichtsstudiums auch einen Kurs über Mittellatein absolvierte, überrascht, als ich so viele abschätzige und verächtliche Bemerkungen über das *Mönchslatein* und das *Kirchenlatein* hörte. Ja noch heute kommt mir manches in dieser Richtung eher wie Antiklerikalismus vor. *Kirchenlatein* und *Küchenlatein* – welch unheilige Assoziation! Heute weiß man ja auch, daß gerade diejenigen in der Renaissance und im Humanismus, die sich am klassischen Latein Ciceros orientierten und das *Mönchslatein* spöttelnd verachteten, den lebendigen Fluß der fortlaufenden Verwendung des Lateinischen unterbrochen haben. Sie sind die eigentlichen Mörder der *toten Sprache* Latein. Durch sie wurde das Lateinische endgültig museal und historisch. Es sind sehr oft die Eiferer und Puristen, die den größten Schaden anrichten. Würden etwa auch in den Volkssprachen nur noch jene den Mund aufmachen dürfen, die dies korrekt nach den Ausspracheregeln etwa des *Siebs* und den Grammatiknormen des

Duden können, dann wäre es sehr still um uns. Es gilt auch auf diesem Gebiet, was in der Totenliturgie auf das Ethische hin gesagt wird: Wolltest der Sünden (Fehler) du gedenken, mein Gott, wer könnte da bestehen!

Das Lateinische war in meinem Verständnis eine ausschließliche Ehe mit dem Römisch-Katholischen eingegangen. Meinem (Irr)glauben entsprach auch, daß ich mir von einem Protestanten nicht gut vorstellen konnte, daß er Latein beherrschte oder liebte. Martin Luther war so gesehen von Haus aus einmal Katholik. Heute weiß ich es natürlich besser. Nach einem Vortrag in der Münchener Universität bin ich vor einigen Jahren einem Dozenten begegnet, dessen Fach Klassische Philologie war und der die Verhältnisse ebenfalls konfessionalistisch, wenn auch von der anderen Seite her, betrachtete. Er sagte einleitend, er sei froh, daß nun, nach der Wiedervereinigung in Deutschland, die Protestanten statistisch wieder die Oberhand gewonnen hätten. Und nachdem er an den lateinischen Zitaten meines Vortrages manches in Hinblick auf die Aussprache moniert hatte, unkorrekte Betonungen vor allem, erzählte er, wie er neulich von katholischen *Latinisten* enttäuscht worden sei. Er habe sich also das lateinische Requiem für den verstorbenen bayerischen Ministerpräsidenten Franz Josef Strauß, von dem er übrigens auch sagte, daß er irrtümlich im Ruf eines Lateinkenners gestanden sei (aber bitte: De mortuis nihil nisi bene), angehört und sei vom Zelebranten dieses Amtes, dem Kardinal Josef Ratzinger, sehr enttäuscht worden. »Ich bitte Sie«, sagte er, »da hat doch kaum ein Wort gepaßt!« *Gepaßt,* sagte der bayerische Franke oder fränkische Bayer. Und was das Latein an-

gehe, meinte er spöttelnd, sei auch der Papst nicht unfehlbar. Er habe eine Aussprache wie ein Italiener aus Polen. Fehlbar, keine Frage.
Requiem für Franz Josef Strauß! Requies, requiei, die Ruhe. Noch freilich schwankt, frei nach Schiller, sein Charakterbild in der Geschichte. Ich beurteile hier nicht seine Politik und sein Lebenswerk. Mir geht es um Nebensächlicheres, meinetwegen Äußerlichkeiten. Eine solche Äußerlichkeit an den Reden des Franz Josef Strauß im Deutschen Bundestag oder im Bayerischen Landtag, beim Parteitag in Vilshofen oder wo immer, war ihr lateinischer Redeschmuck. Er liebte es, lateinische Sprichwörter zu verwenden. Vor allem wendete er die in der Rhetorik vorgesehenen Möglichkeiten von Spott, Ironie und Sarkasmus an, um seine Gegner zu widerlegen oder verächtlich zu machen. Die wahren und die vermeintlichen Widersprüche in der Argumentation der anderen reizten ihn. Genüßlich zergliederte er die Unsinnigkeiten seiner Gegner. Und es war schon ein Schauspiel, zu sehen und zu hören, wie er sich, wenn er in Bedrängnis kam, auch verhaspelte und stotternd nach Worten suchte, bis er sich erfing und entsprechend seinem cholerischen Temperament schneidend und laut, oft auch polternd wurde. In jenen Momenten der erregten Empörung, wenn er – namentlich in seiner letzten Zeit – nach Wort und Ausdruck rang, war sein Mund in einer Schrecksekunde wie eine Waffe ohne Munition. In solchen Situationen verfuhr er mit der Sprache, was Artikulation betraf, nicht gerade zimperlich, da preßte und quetschte er die Vokale, da peitschte er die Konsonanten. So kam Gewalt, vielleicht auch Gewalttätigkeit *in sermonem.* Wenn er nun lateinische Ausdrücke oder

Sprichwörter verwendete, so geschah dies auf dem Hintergrund seiner gediegenen bayerischen Bildung, um sich als traditionsverbunden und geschichtsbewußt auszuweisen und wohl auch, um die flachen Modernisten und Ungebildeten auf der anderen Seite zu beschämen. War es nun Überzeugung oder Überlegung, Weltanschauung oder Kalkül? Und es unterliefen ihm natürlich auch Fehler. Sicher haben ihn, so gesehen, die Zensuren und die Korrekturen, die er sich von Professor Carlo Schmid anhören mußte, ob es nun das Altertum oder Ludwig Thoma betraf, den Strauß falsch oder unvollständig zitierte, geschmerzt. In Schmid fand er bei aller politischen und weltanschaulichen Gegnerschaft einen humanistisch Gleichgesinnten, aber zugleich fand er in ihm auch seinen Meister. Sie lieferten sich wahre Redeschlachten, ging es nun um das Grundgesetz der Bundesrepublik oder die Bundeswehr. Später waren es wohl die Deutsch-Sowjetischen Verträge, die der Unterhändler Egon Bahr für seinen Kanzler Willy Brandt aushandelte, die Strauß besonders in Rage brachten. In lebhafter Erinnerung sind Straußens geharnischte Redebeiträge; in wirklich bleibendem Gedächtnis ist auch jene Rede, die Franz Ludwig Schenk Graf von Stauffenberg, von seiner Krankheit, ja vom Tod gezeichnet, gegen die Ost-Verträge gehalten hat.

Franz Josef Strauß war lernfähig und hat Lehre angenommen, sei es nun von Carlo Schmid oder Karl Schiller, dem Wirtschaftsminister von der Universität. Wirtschaft studierte Strauß bekanntlich als *Spätberufener* an der Universität Innsbruck bei Professor Clemens Andreae. Für mich, einen analogieverfallenen Menschen, bildet die Konstellation Strauß–Andreae ein anderes historisches Tandem von Machthaber und Lehrer, Kaiser und Praeceptor ab, nämlich Kaiser Karl der Große und Alkuin. Von Karl dem Großen heißt es, daß nicht nur er, sondern seine ganze Familie (was immer das heißen mag bei einem Kaiser mit vielen Kebsen und Kindern) sich in den Unterricht des großen Angelsachsen begeben habe. Kaiser Karl war sozusagen ein außerordentlicher Hörer an der Aachener Hofschule, wahrscheinlich auch an der hohen Schule der großen Abtei St. Martin in Tours. Und es ist ein Teil der Größe des großen Karl, daß er auf andere hörte, daß er sich die richtigen Ratgeber suchte. Es wird aber auch als ein besonderer Charakterzug des Karl in den Geschichtsbüchern vermerkt, daß er keine Scheu trug, sich etwa in theologischen Fragen als allenfalls halbgebildeter Laie lautstark zu Wort zu melden. Er war also nicht bloß die Stimme seines (geistlichen) Herrn (Alkuins). So hat er seine Theologen eine Stellungnahme zu einem theologischen Streit, nämlich zur Bilderverehrung, der den Westen und den Osten, namentlich die griechische Kirche, entzweite, ausarbeiten lassen. In einem Exemplar dieser *Expertise,* der sogenannten *Libri Carolini,* also der Karlsbücher, sind Urteile des Kaisers, die er wohl beim Anhören des Wortlautes abgegeben hat, marginal, das heißt am Rande eingetragen. Diese Eintragungen sind nicht von Karl selbst, wie man annimmt, vielmehr hat sie ein anderer protokolliert. Sie sind also die Mitschrift eines Sekretärs. Sie sind in einer Stenogrammschrift gehalten, in einer Art Tironischer Noten, wie ja auch in der Zeit des klassischen Latein neben der korrekten Schrift, etwa der sogenannten Quadrata, einer eindrucksvoll klaren Schrift mit einem Quadrat eingeschriebenen regelmäßigen Buchstaben, immer eine

Kurzschrift existiert hat. Der freigelassene Sklave Tiro war der Erfinder einer solchen Abbreviations- und Siglenschrift.

Sklave und Schreiber! Schreiben, Schnellschreiben, aber auch Schönschreiben galt bis über die Zeit Karls des Großen hinaus als Fron- und Sklavendienst. Alkuin war so gesehen alles andere als ein Schreiber, er war als *Kultusminister* ein *Vor*schreiber. Und wenn Karl der Große kaum geschrieben hat, obwohl er schreiben konnte, so lag es, wie Heinrich Fichtenau erforscht hat, weniger an der Unkenntnis als an seinem Rang. Schreiben war unter seiner Würde! Noch in später Zeit war es unter der Würde eines Königs oder Kaisers, eine Urkunde auch nur zu *unter*schreiben. Selbst die Unterschrift haben die Urkundenschreiber *vorbereitet*, das heißt vorgeschrieben. Der Herrscher hatte nur mit einem Schrägstrich zwei getrennte Teile seines Namens zu verbinden. So tragen die Urkunden nicht einmal in der Signatur die Handschrift des Machthabers. Kaum also daß Karl der Große den Schreibern auf die Finger geschaut hat, um ihnen etwas *abzuschauen,* hat er ihnen auch schon auf die Finger geschaut, um sie zu kontrollieren. Und spätestens bei Karl beginnt auch jene Tradition, daß sich die Machthabenden ihre Schriftstücke und Reden schreiben lassen. Alkuin war also kein einfacher Schreiber, höchstens ein Sekretär Karls. Sekretär ist jener Intimus, der die Gedanken und die Geheimnisse seines Herrn kennt und errät, der seinen Stil beherrscht und darum seinem Herrn auch etwas in den Mund legen darf, dessen Worte wählt. Und es ist bedenkenswert, daß das Wort *Sekretär* nicht nur einen Menschen, sondern auch einen besonderen Schreibtisch mit Geheimfächern (top-secret) etwa bezeichnet und daß dasselbe Wort auch in *Sekret* in der Bedeutung *Ausscheidung* vorkommt. Ein Wort, das viele Bedeutungen absondert...

Belege für das geringe Ansehen der Schreiber braucht man für das Mittelalter wirklich nicht lange zu suchen. Und es entspricht gerade dieser Einschätzung und geringen Wertschätzung, wenn der Schreiber im Fastnachtsspiel *Vom Werben um die Jungfrau* als »der Notabel« erscheint. Im Fasching also war der Schreiber Kaiser! In jenem Werbespiel aus dem 15. Jahrhundert jedenfalls sticht er alle anderen, die sich um die Jungfrau bewerben, den Ritter, den Bauern, den Pfaffen, den Mesner, den Mönch, den Pegauner (die männliche Form zu Begine, also *Laienbruder*), den Schmied, den Wagner, den Schuster, den Schneider, den Kürschner und den Metzler (Metzger) aus. Im Fasching aber regieren die Narren! Verkehrte Welt! Wie werden die Nürnberger über dieses Fastnachtsspiel von Rosenplüt gelacht haben, wo sie doch genau wußten, daß die Geschichte im normalen Leben nicht so, sondern anders herum gespielt wird. Wenn sich das Mädchen für den armen Schlucker entscheidet, so ist die natürliche Weltordnung auf den Kopf gestellt.

Der Ritter eröffnet der Jungfrau eine Aussicht auf *Turnieren und Stechen*, das er *nach des Herzens Begehr des Mädchens* vollbringen werde. »Damit kann ich nichts anfangen«, sagt sie. Der Bauer verspricht Käse, Eier und Brot. Das Mädchen aber sagt, der Bauer sei dreckig und schwarz. Und: »Um dich gebe ich nicht einen Furz!« Auch der Pfarrer, der gleich den Mesner um sie schicken will, wird negativ beschieden. »Du bist mir einer«, sagt sie, »du solltest Gutes lehren und willst mich *verkehren*.«

Verkehren heißt verderben, hier aber, wo alles anzüglich ist, vom *Stechen* des Ritters bis zu den *Eiern* des Bauern, heißt *verkehren* natürlich auch *herumkriegen*. Die Magd verflucht alle Lüsternen aus den verschiedensten Ständen – sozusagen standesgemäß: War sie dem Ritter in der Terminologie der höfischen Epen gekommen (*Um ihn gebe ich nicht ein Haar*), so hat sie dem Bauern in der Sprache Bescheid gegeben, die er versteht: Darum war vom *Furz* die Rede. Dem Pfarrer antwortet sie mit einem Fluch, also auch in geistlicher Rede: Gott schände den Pfarrer und dazu seinen Mesner! Jetzt versucht es der Mönch, der sie in seinen Orden einlädt, in dem zur Vesper und zur Non von der *edeln Minne* verkündet wird. Sie weiß aber, was ihr blühte: Und käme ich in deine Zell / Du würfest mich unter dich gar schnell / Und fielest über mich / Und gäbst mir manchen Stich!

Der Schmied protzt damit, daß er zu *possen*, das heißt zu hämmern versteht. Eigentlich *pösseln* – ein iteratives *possen*. Dadurch würde das Mädchen froh werden. Das Mädchen: »Der Teufel soll den schwarzen Schmied leimen!« Beim Wagner, der seine Wagnerkunst lobt, bekäme sie Bier und Brot. Das Mädchen findet den Wagner aber wie die Wagenschmiere abstoßend. »Schmierer, laß schnarren!« Der Schuster preist seinen *Draht* an und stellt Reichtum durch die Erzeugung von Bundschuhen und Stiefeln in Aussicht. Die Jungfrau aber sagt, sie habe keine Lust, dem Schuster den Draht zu *spinnen*. Was das wohl wieder bedeutet...

Der Schneider rühmt sich nicht nur seiner Handwerkskunst, sondern lobt auch die *gar hübschen Hände* des Mädchens, mit denen es gut *nähen* könnte, womit sicher auch nicht nur die Mithilfe im Familienbetrieb gemeint sein wird. Der Bescheid aber, der ihm dort *gestoßen* wird, lautet: »Du bist ein rechter Bescheißer / Ich will dich nicht, du böser Knopfbeißer!« Den Kürschner schimpft die Jungfrau einen Katzenschinder! Wanst, Magen, Fleisch und Würste stellt der *Metzler* in Aussicht. Die Jungfrau aber hat mit der Wurst des Fleischhauers nichts im Sinn.

Die Jungfrau sinnt auf ihresgleichen. Ihresgleichen aber ist der Schreiber! Der Schreiber lacht sich ins Fäustchen. Er sagt, er habe seine Kunst in der Stadt gelernt, was auf das Renommee der Urbanität hinweist. Er kann lesen und schreiben und erlesene Frauen nicht nur beschreiben...

Eigentlich hätte er Priester werden sollen, habe aber *den Sinn* verloren. Ob er aber schreibt oder liest, der urbane Intellektuelle, er sagt, er denkt bei all seiner Schreib- und Lesearbeit nur daran, wo es irgendwo *eine hübsche Tochter* gebe, die er glücklich machen könne. Endlich ist die Jungfrau einverstanden und glücklich. Der sogenannte *Ausschreier* des Fastnachtsspiels lädt als Hochzeitslader alle ein: »Ihr seid alle zu der Hochzeit geladen. Der Schreiber und die von Hurnheim. Die wollen gar fröhlich sein.« Der Spott wendet sich so aber auch gegen das Mädchen zurück. Wie könnte sonst der sexistische Schreiber *ihresgleichen* sein. Hurnheim ist dafür ein nicht zu überhörendes Signal. Jetzt wissen wir, woher sie kommt.

So *surrealistisch* der Karnevalsspaß, die *Schnapsidee* des Hans Rosenplüt ist, daß der Schreiber, gerade der Schreiber, der letzte im Rennen um die Jungfrau, die Nase vorn haben soll, so steckt doch in den Hinweisen auf seine besondere erotische Not eine durchaus seriöse Erkenntnis. Der Intellektuelle, der Büromensch, steckt gewissermaßen permanent *im Stau. Beim Hirn kann er es nicht ausschwitzen,* heißt eines der drastischen Sprichwörter. Bei der Arbeit aber, der schweren *körperlichen* Arbeit, vergehen dem Menschen die sogenannten Flausen. Allein die körperliche Anstrengung, das *Ausarbeiten* bei der wirklichen Arbeit, der Bauernarbeit vor allem, *bringt den Menschen auf andere Gedanken.* Im Schweiße des Angesichtes. Die Arbeit war ja bekanntlich ein Fluch. Disteln und Dornen trägt die nachparadiesische Erde. Aber es stellte sich heraus, daß auch viel Segen am Fluch ist. Die Arbeit ist die eigentliche Ersatzbefriedigung. Das war nicht die *causa prima,* also der erste Grund und Antrieb zu arbeiten, aber doch ein immer bewußter und erwünschter Nebeneffekt.

Heute ist – als konservativer Mensch sage ich: leider – die lange Tradition der Askese und die Kunst der Anleitung zu einem defensiven Leben gänzlich abgerissen. Die Tendenz geht nun gerade in die andere Richtung. Jetzt ist die *Inversion* des Fastnachtsspiels die Norm. Und obwohl die Ideologie des *Auslebens* und der *Selbstverwirklichung* einen Bauchfleck nach dem anderen produziert, wird von der naheliegenden Möglichkeit des Umdenkens und des Umkehrens kaum Gebrauch gemacht. Und mag auch gern mancher von jenen Ratschlägen, die man in den Jugendschriften am Schriftenstand der Kirchen oder während der Exerzitien im Internat bekommen hat, ein wenig naiv und hausbacken gewesen sein (von der kalten Dusche bis zum Stoßgebet), so verkehrt, wie die Anhänger des neuen Primitiv-Hedonismus spottend glauben machen wollen, waren sie nicht. Wohin jedenfalls das Gegenteil führt, dafür könnte manche Größe der sogenannten Jugendkultur, mancher Anhänger des harten Felsens, des schweren Metalls oder des Bruchtanzes geradezu als abschreckendes Musterbeispiel dienen.

Doch kehren wir zum Ausgangspunkt zurück und schreiben wir weiter über das Schreiben. So wie im Moralischen und auf dem weiten Felde der Ethik, gab es auch auf dem Felde der Schrift von Anfang an, von Alkuin an also, Anstrengung um Anstrengung, Ordnung zu schaffen, Wildwuchs zu beseitigen. Von Alkuin heißt es, er habe sich mit seiner Schrift *De orthographia* nicht nur um den richtigen Sprachgebrauch, sondern auch um die Schrift selbst große Verdienste erworben. Nachdem von der Spätantike her verschiedene Schriften und Buchstabenformen *in Umlauf* waren (neben der alten *Quadrata* die *Rustica* und die *Unziale*), hat er, so wird es überliefert, mit der sogenannten *Karolingischen Minuskel* eine gut lesbare Schrift, das graphische Medium der *Karolingischen Renaissance,* erfunden. Um einen Eindruck von dieser einfachen und überzeugenden Schrift zu bieten, setze ich einmal den lateinischen Namen für Kärnten, *Carinthia,* hierher. So müßte er etwa zur Zeit des letzten Karolingers, Arnulfs von Kärnten, auf den man sich in Moosburg heute besinnt, ausgesehen haben, wenn er nicht erst im Jahre 1004 zum ersten Mal aufgetaucht wäre, und zwar in *beiläufigerer,* weniger repräsentativer Form:

Carinthia

TEMPORA MUTANTUR. Lange vor der karolingischen Schrift gab es die Quadrata der Antike. Damals hätte Kärnten so ausgesehen:

CARINTHIA

Damals war aber von Carinthia nicht die Rede, sondern nur von

ROMA

Schreiben hieß zu jener Zeit immer zugleich Schönschreiben! Und nur von einem, der der Kalligraphie mächtig war, hieß es, er könne *schreiben.* Heinrich Fichtenau, einer meiner Geschichtslehrer im Wiener Studium, der eine grundlegende Arbeit über das Urkundenwesen des frühen und hohen Mittelalters verfaßt hat, hat darauf hingewiesen, daß das oft behauptete Analphabetentum Karls des Großen in dieser Weise nicht zutreffe. Einhard, der Biograph Karls des Großen (*Vita Caroli magni*) schreibt ja, daß er, Karl, immer eine Tafel beim Bett gehabt und daß er vor dem Einschlafen Schreibübungen unternommen habe. Seine Hand habe sich aber an das Schreiben nicht mehr richtig gewöhnen können, weil er damit zu spät begonnen habe. Was Karli nicht lernt, lernt Karl nimmermehr. Was gäbe man darum, wenn man vom Tafelklaßler Karl ein Photo oder einen Film hätte! Karl der Große in seinem Aachener Bett, im Nachtgewand, an Kissen gelehnt und auf einer Tafel schreibend, sich abplagend mit dem Griffel! Sicher hat er nach der Schreibart der Mönche in den Skriptorien die Schreibhand, die rechte natürlich, mit der anderen, der linken Hand gestützt. Im Mittelalter war Schreiben ein Geschäft für beide Hände! Man führte das Schreibgerät wie den sogenannten Bihänder, das mit beiden Händen gehaltene große Schwert. Natürlich hat nicht einmal Karl der Große für seine Fingerübungen Pergament verwendet, ausdrücklich ist ja von der Tafel die Rede. Mit dem gespitzten

Griffel läßt sich freilich wie mit unserem Bleistift der besondere Duktus der karolingischen Schrift, jener Rhythmus von Weit- und Engführung der Schäfte, Haken und Bögen, der durch die immer im gleichen Winkel, ungefähr fünfundvierzig Grad, zur Linierung der Zeile gehaltenen Breitfeder bewerkstelligt wird, nicht erreichen. Von der Kostbarkeit des Pergaments machen wir uns auch nicht mehr die richtigen Vorstellungen. Mit Recht ist von der *Alterität* des Mittelalters die Rede. Alterität bedeutet Fremdheit, Andersartigkeit. Immer wieder hat man auch Pergamente abgeschabt, Beschriftungen also entfernt und so neue Inschriftenträger gewonnen. Solche Second-hand-Pergamente nennt man bekanntlich Palimpseste. Und es ist der modernen Wissenschaft wenn auch kein leichtes, so durchaus möglich, mit Hilfe einer mit ultravioletten Strahlen arbeitenden photographischen Methode der ersten Beschriftung auf die Spur und dem Palimpsest sozusagen auf die Schliche zu kommen.

Es verhält sich mit solchen, dem *unbewaffneten Auge* nicht mehr zugänglichen Schriften nicht viel anders als mit jenen Texten, die mein ältester Sohn, der Magie und der Zauberei hingegeben, in Tricktinte geschrieben hat, die er mit verschiedenen Essenzen aktivieren und wieder zum Vorschein bringen kann. Manche Lektion hat er mir nicht nur über Arkan- und Geheimschriften, sondern auch über alle Arten von Codierungen, Privatalphabete und *Verrechnung von Schriften,* also Zahlenersatz für Buchstaben, das Morsealphabet und was es noch für logistische und nachrichtentechnische Probleme geben mag, erteilt oder *verpaßt.* Bei allen Bemühungen meines Sohnes in diese Richtung ging es aber keineswegs wie bei den Mönchen des Mittelalters darum, Pergament oder in unserem Falle Papier zu sparen. Er ist hierin ganz ein Kind seiner Zeit, der Zeit des Gratisschulbuchs, das viele auch das *Wegwerfbuch* nennen, und auch im Verbrauch meiner schönen DIN-A4-Blätter erlegen sich die Söhne wenig Hemmungen auf. Je weniger und langsamer ich schreibe, umso mehr verbrauchen die Söhne. Und manches schöne weiße Blatt wurde nicht mit tiefen philosophischen Gedanken beschrieben, sondern zum Papierflieger gefaltet und flügge gemacht. *Blatt* ist ja bekanntlich ein uneigentlicher Gebrauch des Wortes für *Papier*, das ursprüngliche *Blatt* ist botanisch gemeint. Im Papierflieger nähert es sich wieder seinem Ursprung.

Was mich angeht, so erinnere ich mich lebhaft daran, wie ich von der Tafel zum Schreibheft gekommen bin. Aufgestiegen! Auf Papier schreiben zu dürfen und nicht mehr auf der Schiefertafel kritzeln zu müssen, bedeutete einen großen Gewinn an Prestige. Es war wie Erwachsenwerden. Jetzt war man aus dem Gröbsten heraus! Wie mag es die Schreibschüler in der Abtei St. Martin in Tours erhoben haben, wenn sie die Wachstafel beiseite legen durften und mit dem Kiel, der Gänse- oder Hühnerfeder, ans Pergament schreiten durften, und wenn sie statt der bloßen Ansageformen und der sogenannten *Glossen* endlich einen zusammenhängenden, einen heiligen Text schreiben durften, etwa den ersten Psalm: BEATUS VIR QUI NON ABIIT IN CONSILIO IMPIORUM: Wohl dem, der nicht wandelt im Rat der Gottlosen! Wurden sie nach den Vorübungen, den bloßen Buchstaben- und Wortexerzitien auf der Tafel endlich an die Fleisch- und Haarseiten des Pergaments gelassen, so konnten sie wirklich *vom Leder zie-*

hen. Und es wird den älteren Mönchen gar nicht leichtgefallen sein, ihren Schreibplatz und ihr Pult zu räumen, freizugeben und einem Jüngeren zu überlassen, wenn sie etwa durch Fehl- und Weitsichtigkeit, durch Alterssichtigkeit, auch unter Zuhilfenahme der primitiven Sehhilfen nicht mehr schreiben konnten. Schreiben hätten sie vielleicht noch können, aber nicht mehr kalligraphieren, das heißt ja eigentlich malen. Vielleicht war der eine oder andere der Alten, ins Ausgedinge Gegangenen einem Jungen noch ein wenig behilflich, wenn es um die Ausgestaltung der Versalien oder um die Rubrizierung und Ausmalung von Initialen ging, aber schließlich kam es bei jedem einmal zur endgültigen *Niederlegung der Feder.*
Ich habe die Erfahrung gemacht, daß Menschen, die sich mit kostbaren alten Pergamenten beschäftigen, die auch bei der Lektüre und Bearbeitung der schwer lesbaren Texte sozusagen kein Sterbenswörtchen verkommen lassen und verlieren, sondern, wie der gute Hirt den verlorenen Schafen, jedem kleinsten Strichlein oder Pünktchen liebevoll nachgehen, jedes, und sei es das unscheinbarste Häkchen wohl in ihrem Herzen erwägen, vorsichtig sich in jede Leerstelle oder in weggefallene, weggebrochene oder weggerissene Teile hineinbegeben – ich habe also die Erfahrung gemacht, daß solche Gelehrte, die allein den Namen *Philologe* – Liebhaber des Buchstabens, Freunde der Schrift, Vertraute des Textes – verdienen, auch in der Verwendung ihres Papiers, auf das sie ihre Beobachtungen schreiben, besonders sparsam und sorgfältig sind. Auch von Naturwissenschaftlern, namentlich Mathematikern, wird oft gesagt, daß sie mit wenig Papier auskommen.

Von einem Wiener Ordinarius, bei dem ein Welser Maturakollege Mathematik studierte, hieß es, daß er eine ganze zweistündige Vorlesung auf der Rückseite eines Straßenbahnfahrscheines konzipiert hatte. Auch wurde von ihm kolportiert, er habe einmal verzweifelt auf das Briefchen geschaut und gesagt: Jetzt hat mir doch die Schaffnerin die Potenz weggezwickt! Da ich die Geschichte später ganz ähnlich von einem Mathematiker in Saarbrücken hörte, ist Mißtrauen in die Authentizität der Geschichte durchaus angebracht. Sie hört sich ein wenig so an, als gehöre sie zum Standard an akademischen Späßen. Dann könnte man sie, germanistisch gesprochen, als Motiv, als Leitmotiv bezeichnen. Sicherlich leitmotivisch aber ist jene angedeutete große Sparsamkeit in der Verwendung von Papier bei bedeutenden Leuten. Eine starke Lektion in Wiederverwendung alter Papiere und Manuskripte als Konzeptpapier hat mir mein Saarbrückener Lehrer Hans Eggers erteilt. Wie in manch anderem auch, bin ich ihm hierin aber nicht ganz gefolgt. Über meinen Papierverbrauch würde er sich wundern, über jenen meiner Söhne aber, deren an den Computer angeschlossener Drucker ganze Stöße dünn und locker beschriebenen Papiers entläßt und stapelt, würde er erschrecken. Was sein muß, muß sein, sagt mein Ältester, wenn ich ihn zur Sparsamkeit anhalten möchte. Wenn ich ganz allgemein den Nutzen jenes *Rechenzentrums,* das ich ihm aus pädagogischen und didaktischen Gründen eingerichtet habe, in Zweifel ziehe und frage, ob er mit seinem Computer denn auch etwas anderes tue als spielen, werde ich oft als inkompetent und altmodisch belächelt. Und da mir kein Geringerer als der Präsident der Österreichischen Akademie der Wissenschaften,

Professor Werner Welzig, sagte, meine Meinung in jener Frage offensichtlich teilend: »Alois, wir sind Fossile!« beginne ich nun allmählich, meinen Söhnen und meinen anderen *Widersachern* recht zu geben.
Ich bleibe aber dabei, daß durch die alte Schreibart mit der Hand oder mit der Schreibmaschine ansprechendere Manuskripte oder Typoskripte zustande kommen. Und ich bezweifle, daß in Zukunft eines der großen Auktionshäuser, wie Sotheby's in London – ähnlich wie heute Autographen, Briefe oder handgeschriebene Partituren von Mozart, Kafka oder Rilke –, Datenträger oder Disketten anbieten und vor allem verkaufen wird können. Ich lasse mir nicht nehmen, das Schreiben selbst zu praktizieren und die Motorik der Hand, die dem Gehirn gehorcht, zu genießen. Beim Handschreiben, dem Freihandzeichnen gerät kein a und kein b wie das andere, jedes hat seine eigene Gestalt, wenn es auch einem Ideal folgt und eine Normvorstellung erfüllt. Friedrich Kainz spricht in seiner *Sprachpsychologie* von der *abstraktiven Relevanz*. Darunter ist die *begrenzte Freizügigkeit* bei der Ausformung von Buchstaben zu verstehen. Sie müssen in einem Rahmen bleiben, wenn sie lesbar bleiben und ihre Funktion erfüllen sollen. Wie oft steht man vor einem Rätsel, was etwas, ein Wort oder ein Buchstabe, *heißen* soll, ein Gebilde weit jenseits der *abstraktiven Relevanz*...
Es hat mich auch nicht überrascht, als ich einmal lesend erfuhr, daß Handschreiber im Gegensatz zu *elektronischen Textverarbeitern* mehr Augenmerk auf den Ausdruck legen, sprachlich, grammatikalisch und stilistisch sorgfältiger und bewußter verfahren. Ihnen liegt mehr an der Sprache, sie haben nicht nur zu ihrer Füllfeder, sondern auch zu den Wörtern ein besseres Verhältnis.

Sie sind also gerade keine seelenlosen Formalisten, bloße Kalligraphen und Schönschreiber, sondern ganz im Gegenteil auch Liebhaber und oft Virtuosen des Stils. Natürlich weiß andererseits jeder, daß man auf dem schönsten Wagen Müll und Mist transportieren kann und auf dem erbärmlichsten Gefährt die Kronjuwelen der englischen Königin. Wie es ja auch äußerst manierliche Menschen gibt, die sehr auf Etikette achten, ethisch gesehen aber Schurken und Unmenschen sind. Die Form allein also macht es nicht. Ganz sicher aber ist es auch unsinnig, von Formverletzungen auf Kreativität zu schließen. Denn es gibt unter den Tabubrechern auch viele Verbrecher, zugespitzt gesagt. (*Zuspitzen* aber ist ein Schreiberausdruck für eine Schreibmethode. Wer die Feder spitzt, schreibt unzweideutig, schneidend klar, wie gestochen, daß es auch jeder lesen und verstehen kann. Der Schriftsteller muß immer *zuspitzen.*)
Vom Normenverletzen um des Normenverletzens willen halte ich gar nichts, ob es nun um Schlampereien beim Schreiben, Eigenmächtigkeiten bei der Ausformung von Buchstaben oder um mehr geht, etwa Verletzungen von Sitte und Anstand. Die Sittlichkeit aber beginnt bei der Sitte.
Vor einiger Zeit fand ich am Germanistischen Institut ein Plakat angeschlagen, auf welchem stand: *Kunst muß immer Erwartungen enttäuschen.* Da mußte ich etwas nachdenken, weil ich mich durch diesen apodiktischen Grundsatz natürlich schon ein wenig in Frage gestellt fühlte. Als Altgermanist verfuhr ich nach dem Vorbild Walthers von der Vogelweide. Ich setzte mich also hin, wenn auch nicht auf einen Stein, sondern auf meinen drehbaren Bürosessel, schlug Bein über Bein, und grü-

belte. Was *muß* die Kunst? Früher mußte sie ganz sicher Erwartungen von Staat und Kirche erfüllen. Wie sie es freilich tat, war, in den gelungenen Fällen, immer überraschend – oder aber, im anderen Fall, *enttäuschend* für die Auftraggeber. Und heute – muß sie *immer* enttäuschen? Aber, dachte ich, erfüllen denn nicht diejenigen, die von sich meinen, sie seien die großen *Enttäuscher* und Tabubrecher, auch ganz bestimmte Erwartungen? Sie fühlen sich als Abweichler und sind, ohne daß sie es merken, längst in den breiten Trampelpfad des Zeitgeistes eingeschwenkt. So erlebte ich einmal eine Versammlung von Rundfunkredakteuren, hohen Funktionären in den Literaturabteilungen, die mit wenigen Ausnahmen weltanschaulich links bis linksaußen standen. Sie, die *Tonangebenden,* aber hatten kein Bewußtsein von ihrem Monopol, ja gerierten sich in Wirklichkeitsverlust und falscher Selbsteinschätzung wie verfolgte Dissidenten. Sie wären halt gern einsam und einmalig gewesen, einzigartig, waren aber *Repräsentanten* in mehrfacher Hinsicht, Wort-*Führer* und Wort-Erteiler. Sie sind repräsentativ und genau das, wofür sie ihre Gegner halten. Ja eigentlich haben sie kaum mehr ernstzunehmende Gegner. Denn *bürgerlich* oder *konservativ* ist ungefähr synonym mit *stumm,* stumm oder *mundtot* (gemacht?), vielleicht auch maulfaul.
Wer heute ein tiefes Gefühl von Einsamkeit erleben will, dem gebe ich den Rat, am Sonntag quer durch die Vorstadt in eine der Kirchen der Innenstadt zur Frühmesse zu gehen. Die ganze Stadt eine einzige Fußgängerzone – aber ohne Fußgänger! Alle Verkehrsprobleme scheinen wie Scheinprobleme, ja gelöst. Man kann nicht nur die Menschen, sondern auch die Autos zählen, die einem begegnen. Die Vorstadt wirkt an solchen

Sonntagen wie am *»day after«*. Es ist wirklich unheimlich still und unheimlich. Wurde in der Nacht hier eine Neutronenbombe geworfen, die nur das Leben zerstört, Menschen und Tiere, aber die Gebäude unbehelligt läßt?
Erst wenn man sich dem Gotteshaus selbst nähert, begegnen einem einige ältere Menschen, meistens Frauen. Sind sie die einzigen Überlebenden der grauenvollen Nacht? Sind wir gekommen, um für das (Über-)Leben zu danken, das freilich aufgrund unseres natürlichen Lebensalters auch nicht mehr lang vorhalten wird? »Wir sind Fossile«, sagte der Herr Präsident zu mir. Und wir sollten den Tatsachen ins Auge sehen, so schlecht wir auch sehen, beeinträchtigt durch grauen oder grünen Star.
Erst auf dem Rückweg gegen zehn Uhr merkt man, daß die Stadt nicht ausgestorben ist. *Munteres Treiben* herrscht bei den Stadioneingängen. Jugendliche in Trainingsanzügen schütteln Beine und Arme aus, kreisen mit den Armen und bereiten sich so auf einen Wettkampf vor. An der Kasse hängt ein Plakat, das ein sogenanntes *Pfingstturnier* ankündigt. Pfingstturnier! Es ist, als ob König Artus noch unter den Lebenden weilen würde! Pfingsten, das liebliche Fest. Ein Fest auf dem Wiesenplan? Das Plakat ist übrigens in einer nicht unhübschen *Bastarde,* einer von der Unziale abgeleiteten Schrift, gedruckt. Vorgedruckt eigentlich, denn es handelt sich sichtlich um ein Plakatformular, das von Jahr zu Jahr mit anderen Teilnehmern ausgefüllt wird. Auch von Alpe-Adria ist die Rede. Diese Eintragungen von Hand sind denn auch weitaus unprofessioneller als das Vorgedruckte. Da es auch Rechtschreibfehler in dem von Hand Hinzugeschriebenen gibt, stammen

diese *Eintragungen* wohl nicht vom Schriftführer der *Austria*, sondern eher vom Platz- und Zeugwart des Vereins. *SCHRIFTFÜHRER*, welch schweres und würdiges Wort für einen Amtsträger. Da ich freilich selbst schon in manchem Verein der Universität und außerhalb Schriftführer war, weiß ich auch, wie wenig er oft zu sagen und zu vermelden oder zu schreiben hat. Meistens wird der Schriftführer, dem auch die Kassaprüfung obliegt, mit der er dann den Vorstand entlastet, nur grad eben noch gewählt oder bestimmt, damit dem Vereinsgesetz Genüge getan wird. Muß der Schriftführer aber auch Sitzungen protokollieren, dann wird er überhaupt zum Schreiber, und von Führungsaufgaben ist dann keine Rede mehr. Er ist der bloße *Mit*schreiber.

Ich habe mich immer geweigert, Sportler oder Fußballer für dumm oder Proletarier zu halten. Es gab und gibt bekanntlich unter ihnen sogenannte Kaiser. Es gab den *Kaiser Franz* (Beckenbauer) bei den Fußballern oder gar *Karl den Großen* bei den Schifahrern, nämlich Karl Schranz. Trainer oder gar Trainerlehrer werden gern als *Professoren* tituliert! Einer hat seine *Venia legendi,* also Lehrbefugnis, für Taktik und Strategie, der andere für Menschenführung, ein dritter für Fußballgeschichte. Kaiser Franz, König Fußball, die Gräfin! Feudal, von proletarisch keine Rede! Nicht nur einfache, sondern angeblich sogar doppelte Doktoren laufen dem Ball nach. Und wieviel profitiert nicht die sogenannte Welt des Geistes sprachlich von der Welt des Sports! Von einem Minister heißt es, er stehe im Abseits, vom Kanzler, er sei zu wenig am Ball, von einem steirischen Abgeordneten aber, er habe ein übles Foul begangen.

Sollten sich die Radikalen unter den Rechtschreibreformern dereinst durchsetzen, die eine größere Nähe von Schreib- und Sprechwirklichkeit erreichen wollen (einer der fünf angestrebten Punkte neben Kleinschreibung, neuen Silbentrennungen, Fremdwörtereindeutschungen und Vereinheitlichungen), so wird es in Zukunft übrigens keine *Fouls* mehr geben, sondern nur noch *Faul* oder überhaupt *faul,* kleine *fauls.*
Ein übles *Faul* bahnt sich nach meiner Meinung in der Rechtschreibreform an. Ich *plädiere* hier ausdrücklich *für* die Fremdwörter. Sie sollten das Recht behalten, ein wenig fremd zu bleiben. Man hätte auch dem *Photo* das *Ph* lassen sollen, das man der *Philosophie* angeblich lassen will. Wenn wir namentlich die Schreibung der englischen Fremdwörter an unsere deutsche Aussprachewirklichkeit heranführen, also *Korner* statt *Corner,* wahrscheinlich *Goi* statt *Goal* und *hei* statt *high* schreiben, dann reformieren die übereifrigen Deutschen das Englische gleich mit! Das Englische hat ja bekanntlich seine Schreibung auf einem altertümlichen Stand vor Jahrhunderten eingefroren und stabilisiert. Das Englische ist *festgeschrieben.* Die Orthographie wurde nicht *nachjustiert,* so weit sich die Aussprache von der Schreibung auch entfernt hat. Es wird sich aber zeigen oder hat sich schon gezeigt, daß der Grundsatz *Ein Laut – ein Buchstabe!* auch im Deutschen undurchführbar ist. Wollte man ihm folgen, so müßten wir schreiben: Schi, Schenie, schpielen – und die Deutschen auch Schemie!
Auf dem Waidmannsdorfer Stadion in der Klagenfurter Siebenhügelstraße, an dem ich auf dem Nachhauseweg von der Kirche vorübergehe, lese ich nämlich auf einem großen Schild TRIBÜHNE! Schon jahrelang, ich bin gespannt, wie lange es sich noch halten kann.

Durch das große Tor mit der Überschrift und Aufschrift TRIBÜHNE betreten die Platzkartenbesitzer das *Schtadion.* Diese Besitzer von Platzkarten und Freikarten, diese *Be*sitzenden, sind auch buchstäblich die *Sitzenden* – im Gegensatz zu den Stehenden auf den Stehplätzen. Die Schreibung verdankt sich in eindrucksvoller Weise der Volksetymologie, da sie mit der Bühne, den sogenannten Brettern, die die Welt bedeuten, in Zusammenhang gebracht, ja in eins gesetzt wird. In Wahrheit ist *Tribüne* natürlich ein Fremdwort aus dem Französischen, *la tribune.* Vielleicht hat sich der Waidmannsdorfer Verschreiber sogar etwas gedacht, als er TRIBÜHNE schrieb: Wenn schon aus dem französischen u ein ü geworden ist, warum sollte er dann nicht auch noch ein h, ein sogenanntes stummes h als Dehnungszeichen einführen – in dieses eingeführte, das heißt importierte Wort. Durch die Schreibung TRIBÜHNE verliert das Wort freilich seinen familiären Zusammenhang mit Tribun und Tribut, mit denen es verwandt ist. Die *tribune* ist ursprünglich der Platz für den (Volks-)Tribun, später der Richtersitz. Die Tribüne wäre also der angemessene Platz für den Schiedsrichter, so wie für die Punkterichter in anderen Sportarten. Der Schiedsrichter im Fußballspiel darf aber nicht sitzen, er darf nicht einmal stehen wie die Stehplatzzuschauer, er muß laufen, und das ausgiebig. Auf der Tribüne aber sitzt kein Tribun und kein Richter mehr, sondern der Stadtrat Jandl...

Als ich aber an unserem Germanistischen Institut jenes Plakat affichiert fand, das der Kunst und den Künstlern, vor allem den Schriftstellern *Vorschreibungen* machte, erinnerte ich mich an ein bekanntes, aber schon in Vergessenheit geratenes Wort des Kommunisten Ernst Fischer, der bekanntlich nach dem Krieg vorübergehend österreichischer Unterrichtsminister war und einmal geschrieben und oft gesagt hat: »Die Kunst muß nichts und darf alles.« Die Kunst ist also frei. Und wenn die Kunst frei ist, dachte ich mir auf meinem drehbaren Bürositz, dann muß sie auch nicht unbedingt Erwartungen *enttäuschen,* wie es das Plakat an der Institutstür verlangt und vorschreibt. Ein Künstler kann also auch einmal eine Erwartung *erfüllen.* Er kann sich selbst diese Freiheit herausnehmen. Und so schrieb ich von Hand unter den mit Großbuchstaben auf liniertes, eine dunkelblaue Tafel imitierendes Papier geschriebenen Satz: KUNST WIRD GERADE DAS NICHT TUN WAS MAN VON IHR ERWARTET: Und sogar *das* kann sie.

Gegen Falschschreiber, also *Ver*schreiber, das heißt Verstoßer gegen die Orthographie, bin ich nachsichtig geworden, nachdem ich einmal als Habilitierter *Habilitant* statt *Habilitand,* also falsch geschrieben habe. Wahrscheinlich bestätige ich auch jenes Ergebnis eines Rechtschreibtests, das besagt, daß die besten Rechtschreiber die Volksschullehrer, die mittleren die Gymnasiallehrer und die schlechtesten die Hochschullehrer sind.

Heute habe ich auch unserer Nachbarin, der Schmiedin, längst verziehen, daß sie als Absender jener Briefe, die sie mir als Gymnasiasten immer mitgab, damit ich sie in Wels einwerfe, *Schmid* statt *Schmied* schrieb. Damals freilich war mir dies immer ein Greuel. Wie konnte jemand seinen eigenen Beruf oder den Beruf seines Mannes so grob verschreiben, dachte der jugendliche Besserwisser! Heute, da ich es noch besser weiß, weiß ich auch, daß die *Schmidin,* die kurrent, ja im wesentlichen die gotische Kursive, eine Art Notula, von Sütterlin »normalisiert«, also eine »sütterlinisierte« Gotik schrieb, auch orthographisch richtig lag! Im Mittelhochdeutschen heißt es nämlich *smit.* Erst durch die sogenannte Einsilberdehnung ist das *i* lang geworden. Dieser Länge aber hat man später dadurch Rechnung getragen, daß man das *e* nach dem *i* einfügte, das man nach der sogenannten *Monophthongierung* plötzlich als Dehnungszeichen verstand. In *Dieb* und *lieb* hat das diphthongisch geschriebene *lange i* aber eine andere, nämlich wirkliche Berechtigung, was ja auch die bairisch-österreichische Aussprache (*Diab* und *liab*) belegt. In *Schmied* ist das *e* nach dem *i* ein späterer Zusatz, nur um die Länge zu markieren! Dort, wo übrigens ein altes *ie* nicht nur monophthongiert, sondern auch noch gekürzt wurde – wie in *Licht* (mhd. *liecht*), hat man das *e* nach dem *i* denn auch konsequenterweise beseitigt. Die *Schmidin* hat sich bei ihrer Schreiberei natürlich nicht das, sondern etwas anderes oder auch nichts gedacht. Mit der Schreibung *Schmid* hatte sie aber durchaus recht, weil sie der Herkunft des Wortes entsprach. Wie oft wird sie auch den Ortsnamen *Schmiding* auf der Ortstafel vor Krenglbach gelesen haben. Ortsnamen aber bewahren oft die ältere und *richtigere* Schreibung. Und vielleicht hat sie später auch einmal mit dem Pensionistenverband einen Ausflug auf die *Schmittenhöhe* gemacht: *Schmitt* für *Schmied,* das, könnte manch einer einwenden, sei ja nun wirklich die Höhe. Und doch handelt es sich nur um die Tiefe der Zeit. Thomas Mann schreibt am Beginn von *Josef und seine Brüder*: »Tief ist der Brunnen der Vergangenheit, sollte man ihn nicht unergründlich nennen?« Die Tätigkeit des *Schmiedens* heißt in der Mundart denn auch *schmitten.*

Und so hatte es auch seine ehrwürdige Richtigkeit, daß auf dem Schild über der Schmiede stand: *Johann Wimmer, Geprüfter Huf- und Wagenschmid.*
Und Wimmers Schmiede war nun tatsächlich eine *Schmide,* also ohne ie, ein Raum von mythischem Ruß, mit einem unebenen Lehmboden und bloß kleinen Inseln von Estrich, einer Esse, mit einem Blasebalg angefeuert, den man treten mußte und der ein gewisses Quantum an Luft auf Vorrat hielt, das man mit einem Kettenzug *abrufen* konnte, genaugenommen zwei Herdstellen, mit einer Wanne in der Mitte, in die die glühenden Eisen zum Kühlen und Härten getaucht wurden. Es gab zwei Abteilungen, eine Wagenschmied- und eine Hufschmiedabteilung. Die Hufschmiedsektion war mit Notständen ausgestattet, in die die Pferde geführt wurden. Mancher der Schmiedegesellen aber, mit nacktem Oberkörper arbeitend, glich Siegfried. Als wäre die Arbeit nicht schon schwer und hart genug gewesen, vollbrachte mancher in seinem jugendlichen Übermut auch nach dem Feierabend Kraft- und Mutproben. Und als Kind war mir immer, als hätte ich Teile des Nibelungenliedes beim Nachbarn erlebt. Noch heute bin ich mir sicher, daß dort einmal ein junger Schmied einen Amboß entzweigehauen hat.
Mutter hatte es aber gar nicht gern, wenn wir uns, wie wir es liebten, in der Schmiede aufhielten. *Geselle* und *rauh* gehörte für sie zusammen. Es gab dort wirklich rauhe und oft auch rohe Gesellen. Sie nahmen sich nicht einmal wegen der Kinder ein Blatt vor den Mund. Vielmehr benützten sie denselben für anzügliche Reden oder auch um hinter Bauerntöchtern oder Mägden und Dirnen herzupfeifen. Sie sprachen von *spanischen Fliegen* und *Parisern,* und bald merkten wir,

daß dies nicht mit Zoologie oder Geographie zu tun hatte, sondern etwa mit jenen Gummischläuchchen, die ein besonders Wilder immer in seiner Rocktasche hatte.
Es war eine andere Zeit. Die Menschen hatten andere Sorgen, ihre Hauptsorge war sozusagen das *Besorgen* (von Lebensnotwendigem), während man heute den Eindruck gewinnen muß, daß das Loswerden des Besorgten, das sogenannte *Entsorgen*, die Sorge Nummer eins dieser Überfluß- und Wegwerfgesellschaft sei. Wir ersticken im Müll, heißt es. Ich kann es bestätigen: Meine Papierkörbe füllen sich, der Zeitungsständer geht jede Woche allein von den abonnierten Zeitschriften über, die zusätzlich immer wieder gekauften Zeitungen und das viele Werbematerial nicht mitgerechnet. So neige ich auch dazu, zu vermuten, daß sich der Magistrat etwas dabei gedacht hat, als er vor zwei Jahren gerade vor meinem Haus eine sogenannte Müllinsel mit einem Papiercontainer eingerichtet hat. Schön und angenehm ist das für uns nicht. Und doch haben wir Glück gehabt, denn fünfhundert Meter weiter hat man eine sogenannte Müllinsel für Glas, Plastikmaterial, Aluminiumdosen und dergleichen eingerichtet. Wir hätten auch die Flaschen vor das Haus bekommen können oder den sogenannten *Alufanten.* Mit dem Papiercontainer sind wir noch glimpflich davongekommen. Genaugenommen ist eine solche Sammelstelle vor dem Haus eines Schriftstellers und Papiergroßverbrauchers auch wieder praktisch. Die Stadt ist mir also entgegengekommen. Und doch, wie sehr hätte ich ihn meinem Grundnachbarn, mit dem ich seit meinem Hausbau in einer herzlichen Feindschaft lebe, so daß wir uns schon jahrelang nicht mehr grüßen, von ganzem Herzen

gegönnt! Oder statt des Papiercontainers am besten gleich die Flascheninsel mit Deponierungsmöglichkeiten für Weißglas und Buntglas, die nun weiter stadteinwärts liegt. Der Boden um diese großen Müllbehälter mit den gummibewehrten Einwurflöchern ist in weitem Umkreis mit Scherben von weißem und buntem Glas übersät, so daß man, wenn man mit dem Auto anliefert, wie es notwendig und der Brauch ist, gut beraten ist, nicht zu nahe heranzufahren, sondern seine Flaschen das letzte Stück zu tragen und durch die knirschenden Scherben zu stapfen. Eine solche *Vitrine* hätte gut zu meinem Nachbarn gepaßt. Aber diese Freude (Schadenfreude) hat mir der Magistrat nicht gemacht.

Nicht mein Nachbar wurde heimgesucht, sondern ich allein. Dieser Papiercontainer ist eine ständige Quelle des Ärgers. Die meisten Menschen können Papier nicht nur nicht vernünftig beschreiben oder auch nur beschriften, sie können es nicht einmal richtig *entsorgen.* Denn nur so kann ich mir erklären, daß dieser Megapapierkorb immer überfüllt ist und überquillt. Dabei müßte er es nicht sein, wenn die lieben Nachbarn und Mitsiedler nicht unzerlegte Kartons und Schachteln achtlos hineinwerfen würden. Es herrscht auch beim Entsorgen der alte Grundsatz: *Nach mir die Sintflut.* Die nach mir Kommenden sollen sehen, wo sie bleiben. Es ist nicht meine Sorge, wie die anderen entsorgen. Und so landen nicht nur leere Schachteln beim Altpapier, sondern auch lockere Riesenknäuel von steifem und sperrigem Packpapier, metallbeschichtete Tetrapacks etc. etc. Da in der Siedlung immer noch gebaut wird, wirft mancher Häuselbauer auch seine Zementsäcke hinein. Und oft scheint es, als hätte er sie aus lauter Bosheit auch noch aufgeblasen. Wahre Luftsäcke werden vor meinem Haus abgelegt, Windeier und Fürze.

Mit ihrem ersten Fabrikat eines Papiersammlers ist die Gemeinde übrigens gescheitert. Es handelte sich dabei um ein offenes Modell, in das man vor allem die Zeitungen exakt einlegen, gewissermaßen einfädeln sollte. Das war zuviel verlangt von den Leuten. Sie verschonten den Container und gingen zur Freiluftdeponierung, zur *Freilandhaltung* ihrer Schachteln über, die sich vor meinem Ligusterzaun türmten. Nachdem der rot gestrichene Spezialsammler aus Metall auch gehörig verbeult war, so daß ihm der Deckel, sein Hut, nicht mehr paßte und er durch öfteres Umstoßen des Nachts überhaupt wie ein besoffener Lotter, kärntnerisch gesagt, aussah, hat ihn die Gemeinde abgeholt und zurückgenommen, vermutlich in die städtischen Werkstätten zur Generalsanierung gebracht, um ihn vielleicht in einer müllfreundlicheren und umweltbewußteren Gegend später einmal einzusetzen oder auszusetzen. Wir aber bekamen nun eine einfache Tonne aus Plastik, eine sogenannte deppensichere Tonne.

Inzwischen hat auch sie den Deckel eingebüßt. Sie sieht traurig aus, tut aber zur Not ihren Dienst. Einmal hörte ich des Nachts, da ich, wie es sich für einen Schriftsteller gehört, schlaflos, sorgenvoll und sinnend in meinem Bett lag, einen vorbeiziehenden lustigen Zecher. Wie alle stillen Zecher machte er einen großen Lärm. Ich ließ von meinem Nachsinnen ab, stand auf, trat auf den Balkon hinaus und blickte auf den Heimkehrer hinunter. Als dieser bei meinem Papierbehälter ankam, blieb er stehen, salutierte, indem er die Hand an die Stirne hob, und machte in guter militärischer Manier eine

Meldung. Es war von *keinen besonderen Vorkommnissen* die Rede. Dann aber besann er sich und tat etwas, was er bei den militärischen Vorgesetzten vielleicht einmal gern getan hätte, aber nicht tun durfte. Er versetzte der Tonne, die er vielleicht für einen Menschen gehalten, nun aber als Tonne identifiziert hatte, einen Tritt, der nur deshalb etwas leichter ausfiel, weil es ihm ganz allgemein an Standfestigkeit mangelte. Er reichte aber immerhin, um die Getretene stürzen und ihren Inhalt teilweise entleeren zu lassen. Als der Kleinvandale den Effekt seines Tritts sah, war er offenbar erleichtert, aber auch leicht betroffen, denn er sagte: »O Pardon!« Salutierte noch einmal und ging seines Weges. Ich aber stand wortlos auf meinem Balkon, den mir ein ambitionierter Architekt, vielleicht in Kenntnis meiner Neigungen und Vorlieben, nach der Art einer Kirchenkanzel mit dem dazugehörigen Schalldeckel über dem balustradeneingefriedeten Standplatz, entworfen und errichtet hat. Stand da und sagte kein einziges Wort. Ganz so, wie man ja auch im Fernsehen bei den Weltnachrichten nicht spricht, sondern die fünf bis zehn Terror- und Katastrophenmeldungen stillschweigend zur Kenntnis nimmt. Es geschieht etwas, aber es geschieht nicht wirklich. Und in meinem Fall war ja nun wirklich nicht viel geschehen, keine Gesellschaftsordnung wurde gestürzt, keine Regierung, nur eine Mülltonne. Hätte ich angesichts dieses harmlosen Umsturzes von meiner Fischerkanzel herunterbrüllen, eine Brandrede halten sollen, daß kein Gott sei? Schließlich hatte der Vandale keine Telephonzelle verwüstet. Dieser Papiercontainer konnte kein Leben retten.

Ja, es ändern sich die Zeiten! Auf das Schreiben hin gesehen: Das Schönschreiben steht kaum noch im Lehrplan. Ich weiß, woran ich leide. Tausende Klausurarbeiten habe ich in meinem langen Lehrerleben korrigiert und so manch herzhaften Fluch über die Lehrpläne an den Grund-, Haupt- und höheren Schulen ausgestoßen. Der Lehrer muß ein Graphologe sein. Manch bizarrer, ja geradezu irrer Schrift bin ich begegnet. Staunend stand ich vor mancher Krake und mancher Klaue. Ich erinnere mich freilich daran, daß ich mir selbst in der Unterstufe des Gymnasiums plötzlich eine ganz merkwürdige Art zu schreiben zurechtgelegt habe, die meine Lehrer zur Verzweiflung brachte. Da diese meine Schreibunart, die ich mir anquälte, in der vierten Klasse des Gymnasiums wie aus heiterem Himmel und wie eine Krankheit losbrach, nehme ich an, daß sie der Ausdruck einer ernsten pubertätsbedingten Krise war. Ich zitterte plötzlich alle Buchstaben gesondert aufs Papier, als stotterte ich Laut um Laut oder Buchstabe um Buchstabe. Ich hörte auf, die Buchstaben zügig miteinander zu verbinden, also einen Schrift*zug* zustande zu bringen: Stakkato war angesagt, jugendsprachlich gesprochen. Es war, wie wenn jemand auf der Geige nicht mehr streicht, sondern nur noch zupft, was hin und wieder vorkommt und vorgeschrieben ist, aber doch nur vorübergehend und im Kontrast zu den Streichtönen mit dem Bogen. Musikalisch gesprochen entstand so alles andere als eine Harmonie, es war eine Disharmonie, *Kakophonie,* die durch diese intermittierende Schreibart zustande kam. Zwar entwickelte ich eine wirklich affenartige Behendigkeit in repetierendem *Schrifteln* (von Schreiben war nicht mehr die Rede), aber ich schrieb bei aller bizarren Flinkheit mit großer Anstrengung doch langsamer, als wenn ich normal Buchstabe an Buchstabe gebunden hätte. Wie viele Anstrengungen und Bemühungen haben die Schrift-Gelehrten und Pioniere der genormten Schreibschriften (wie etwa Sütterlin) darauf verwendet, Ligaturen, das heißt Verbindungen zwischen den einzelnen Buchstaben zustande zu bringen, einerseits den einzelnen Buchstaben unabhängig und für sich schreib- und lesbar zu machen, andererseits aber eben vor allem *anbindbar.* Die Buchstaben beginnen und enden bekanntlich auf unterschiedlicher Höhe, die Ligatur muß hier das Niveau ausgleichen. Die Buchstaben müssen einander entgegenkommen, die am oberen Ende der Zeile ausklingenden müssen sich zu bestimmten Nachfolgern und Nachbarn herabneigen, *herablassen,* andere, die auf der Zeile ausklingen, müssen sich ein wenig erheben, sozusagen auf die Zehen stellen. Für mich, den pubertären Stakkatoschreiber, waren das aber alles verlorene Liebesmühen. Ich schrieb wie eine Schreibmaschine, ich schrieb, wie der Specht klopft.

Ich besitze kaum noch Schriftproben aus meiner Zitterzeit, und es ist dies wirklich kein Verlust. In einigen wenigen Büchern aber finde ich manchmal einen Namen, wie ich ihn immer gern statt eines Ex-libris auf das Vorsatzblatt geschrieben habe. Neuerdings verwende ich dafür einen Prägestempel, der den Namen als Schriftrelief erscheinen läßt, *erhaben.*

Auch die Unterschrift betreffend muß es damals in mir rumort und gebrodelt haben. Wenn die Entwicklung der Unterschrift den Prozeß der Identitätsfindung, der Gewinnung eines eigenen Profils abbildet, dann handelte es sich in meinem Fall um eine sogenannte schwere Geburt. Von Mal zu Mal unterschrieb ich nämlich anders, als hätte ich mir wie Leonce in Georg Büchners Drama verschiedene Masken vor das Gesicht gehalten und mich selbst gefragt: Bin ich das? Bin ich das? oder: Bin ich das? Erst seit ich Bücher schreibe, also sehr spät, seit meinem dreißigsten Lebensjahr, schreibe und unterschreibe ich einheitlich! Die Konstanz der Signatur ist übrigens vor allem dort gefordert, wo es um Geld geht. Gerade den Banken etwa liegt viel daran, daß die Unterschriften auf ihren Schriftbögen, auf der Kreditkarte und den aktuell ausgefüllten Überweisungen oder Behebungen unverkennbar übereinstimmen.

Die ausgeprägtesten Unterschriften haben naturgemäß die Prokuristen und Kontoristen. Heute könnte ich es mit jedem von ihnen aufnehmen. Vielleicht ist meine eine Spur zu leserlich und zu schön geschrieben. Immer aber erschrecke ich, wenn ich etwa die Unterschrift eines Politikers, etwa eines Landeshauptmannes, zu Gesicht bekomme, die aus einem Kringel und einem anschließenden Strich besteht. Wie regiert einer ein Land, der so *drüberfährt*? An meiner Unterschrift ist nun nichts mehr sonderbar, vielleicht nur das anlautende A in Alois (𝔄), das eigentlich nicht der *deutschen Normalschrift*, sondern der alten Kurrentschrift entspricht. Das ist aber nun wirklich nur noch eine Minimalabweichung, die man mir wirklich zugestehen muß...

Die Graphologen gehen davon aus, daß die Schrift ein Abbild der Seele sei, daß also nicht eigentlich die Hand, sondern die Seele die Feder führe. Sie interessieren sich kaum für den Inhalt, nur für die Form. Allein von der Unterschrift ziehen sie weitgehende Schlüsse auf die seelische Verfassung des Unterschreibenden. *Signatura indicat,* die Unterschrift zeigt es.

Ich muß aber gestehen, daß mich graphologische Gutachten nie besonders überzeugt haben. Denn von einer ordentlichen Schrift schließen die Sachverständigen gern auf einen ordentlichen Menschen und von einer schlampigen auf einen Chaoten. Und daß eine Schmiererei eine Zumutung für den ist, der sie lesen und *entziffern* muß, weiß auch der Laie. Bei *Schwellenwissenschaftern,* bei nicht-olympischen Disziplinen, ist Mißtrauen oder Vorsicht alles andere als unbegründet. Und wenn sich Institute oder wissenschaftliche Projekte besonders seriös klingende Namen geben, muß man erst recht stutzig werden. Was zum Beispiel soll sich der Mensch unter einem *Institut für Höhere Studien* vorstellen. Fakultäten kennt der Mensch. Deren Bestimmungen geben dem Studium eine Richtung und strukturieren den akademischen Betrieb. Was aber sind *Höhere Studien*? *Höhere* großgeschrieben! Zwar kennt man die höhere Mathematik und kann sich darunter auch etwas vorstellen, nämlich dasjenige, was man sich nicht mehr vorstellen kann, nicht mehr versteht und begreift, aber *Höhere Studien*? Ist es das Wesen dieser Studien, *hoch* zu sein, egal um welchen Gegenstand es geht? Wollen die Beschäftigten jenes Instituts einfach nur *hoch hinaus,* sind es *Gipfelstürmer* und akademische *Extremalpinisten,* die den *Höhenrausch* suchen, die dünne Luft des Elitären? Dabei handelt es sich bei jenem Institut, wie an seinen Verlautbarungen in den Massenmedien ersichtlich, namentlich im Österreichischen Fernsehen, um eine bloße Zahlenwissenschaft mit einem gewissen prognostischen Ehrgeiz. Aus jenem Institut für *Höhere Studien* kommen hauptsächlich Statistiken! Das Institut für *Höhere Studien* vermißt den *Abschwung* der österreichischen Wirtschaft. Ist von den Höheren Studien die Rede, dann ist die Rede auch

von Verbraucherpreisindex, Bruttosozialprodukt und anderen Parametern, von Baisse, Kreditzinsen und dergleichen. Das ganze gilt als hoch, ist aber gar nicht so schwer verständlich, namentlich für jemanden, der selbst Schulden hat und *aushaftende* Zinsen an die Bank zahlen muß...
Die Graphologie nun ist nicht die Wissenschaft von der Schrift oder dies nur in einem sehr eingeschränkten Sinn. Ich habe etwa Graphologen getroffen, die nichts von Quadrata, Kapitale, Antiqua, Unziale, Notula, Majuskel und Minuskel, karolingisch oder gotisch, Textura und Fraktur etc. wußten. Sie verstanden sich als Psychologen mit einem diagnostischen und analytischen, manchmal einem psychoanalytischen Interesse an Schrift und Unterschrift. Ein mir bekannter Graphologe konnte – oder bildete es sich ein – das Sexualleben aus der Schrift herauslesen, *erlesen*. Wie der Mensch liebt, so schreibt er, war er überzeugt. Und auch *Lieblosigkeit,* also ein asketisches und defensives Sexualleben, schlägt sich in der Schrift nieder, schlägt zu Buche. Betrachtete mein Graphologe Casanovas Handschrift, so war ihm, als sähe er den Marchese nackt, ja in actu vor sich stehen. Die unscheinbarsten Häkchen und Serifen indizierten Potenz und Lüsternheit. Und so wollte er erotische und frigide Schriften *ausmachen.*
»Projizieren Sie nicht etwa in die Schrift hinein, was in Ihnen ist?« fragte ich ihn einmal. Überinterpretation ist ein Gebrechen jeder Wissenschaftsdisziplin. Man findet, was man sucht, und was man nicht sucht, findet man auch nicht. So einfach ist das. Der Graphologe ist gerade so ein Schrift-Wissenschaftler wie der sogenannte *Bibelforscher* ein wirklicher Bibel-Forscher und Religionswissenschaftler ist. Der sogenannte Bibelfor-

scher nimmt alles in der Heiligen Schrift wörtlich, was er *im Geiste und in der Wahrheit* verstehen sollte. Und der Graphologe nimmt alles *schriftlich*.

In Meyers Enzyklopädischem Lexikon findet sich unter dem Stichwort *Graphologie* folgende Eintragung: »Wichtige Schriftcharakteristika, die nach Klages psycholog. Deutungen zulassen, sind u. a. Größe, Lage, Raumverteilung der Schrift, Schreibdruck und Schreibdruckverteilung, Fülle, Magerkeit und Schärfe der Schrift. Magere Schriften sollen z.B. auf eine wenig lebhafte, mehr ausgeglichene Gemütslage, Abstraktionsvermögen und krit. Denkstil, füllige Schriften dagegen auf ein starkes Gemütsleben und Phantasiebegabung schließen lassen. Bedeutung wird auch der Buchstabenschreibung selbst sowie den Buchstabenbindungen, der Zeilenführung, der Rechts- oder Linksläufigkeit beigemessen. Außerdem trägt der Gesamteindruck der Schrift zur grapholog. Begutachtung bei, da jedes Einzelmerkmal für sich mehrdeutig sein kann.«

Methodisch ist die Graphologie wohl so verfahren, daß sie die Gleichsetzung von Charakter und Schrift von berühmten und bekannten Persönlichkeiten, auffälligen und darum gut beschriebenen, biographisch faßbaren Größen der politischen oder der Geistesgeschichte, abgeleitet hat. *Er ist kein unbeschriebenes Blatt.* Von Nero besitzen wir keine Signatur, aber von Napoleon, Hitler und Stalin. Neben den Unterschriften von Übel- und Gewalttätern stehen jene von Wohltätern und Wohltäterinnen. Wie aber, möchte man fragen, ist es, wenn ein Schreibkünstler oder ein Graphisches Büro einer Firma ein handgeschriebenes Firmensignet *verpaßt*. Zeigt jener Schriftzug, der sich etwa wie im Falle von *Coca-Cola* zur Trademark entwickelt, nun den Charak-

ter des Schreibers oder der Firma? Ist er Ausdruck der Corporate identity? Oder sind jene Graphiker die gelernten Fälscher und Imitatoren?
Es wäre zu verlockend, einem Graphologen ein anderes Wort oder einen Namen in der Schreibart von *Coca-Cola* vorzulegen. Und man würde sicher ungläubig hören, welche Charaktereigenschaften der Graphologe diesem Herrn zuschriebe: Vielleicht ein verinnerlichtes Gemüt, Gefühlsreichtum und Gefühlswärme, wo es in Wahrheit in der Geschäftswelt ständig um Objektivierung und Entpersönlichung geht.
Nur keine Sentimentalitäten! Man schreibt gern auf *neutralem* Geschäftspapier und natürlich maschinell. Handelt es sich um immer wiederkehrende Vorgänge, so werden überhaupt gleich Formulare benützt. Formulare oder Vordrucke aber werden selbst dann eingesetzt, wenn es mehr als unpassend ist. Es hat seinerzeit mit Recht ungläubiges Staunen und Empörung hervorgerufen, als bei den häufigen Abstürzen von Starfightern der Deutschen Bundeswehr den Hinterbliebenen der verunglückten Piloten der Tod des Angehörigen auf einem Vordruck mitgeteilt wurde. *Es erfüllt uns mit Trauer, Ihnen mitteilen zu müssen, daß Ihr Mann / Vater / Bruder / Sohn / am ..... in ..... tödlich verunglückt ist.* Bitte Zutreffendes unterstreichen, Unzutreffendes durchstreichen, Fehlendes ergänzen! Von einem witzigen und immer zu Späßen aufgelegten Wiener Kaffeehausliteraten heißt es, daß er nach einem runden Geburtstag an Hunderte Bekannte ein in der Druckerei hergestelltes Billett versandte: *Von allen Geburtstagswünschen zu meinem 60er hat mich Ihrer / Deiner am meisten gefreut.* Wo die Freude wohnt, wo das Leid brütet, wo das Herz spricht, wo die Würde des Menschen gefragt ist,

dort reicht man dem anderen die Hand. Und dort schreibt man *von* Hand. Die Handschrift ist wie der lebendige Atem. Der andere oder die andere soll wissen, woran er oder sie ist. Wenn jemand nicht selbst schreibt, sondern sich eines Ghostwriters bedient und der Ghostwriter sich des Personal-Computers bedient (*Personal!* Müßte es nicht *Unpersonal*-Computer heißen?), kann der mit einem solchen Schriftstück Beglückte nie wissen, woran er ist.
Während meines Wiener Studiums Ende der fünfziger Jahre nahm ich einmal an *Sprachphysiognomischen Übungen* bei Professor Otto Höfler, dem nicht zu Unrecht umstrittenen Altgermanisten, teil. Wie bei vielem, was Höfler unternahm, war auch an diesen Übungen etwas Sonderbares und Schrulliges. So befaßten wir uns lange mit der Frage, ob Emotionalität quer durch die Nationalsprachen erkennbar sei. Kann etwa ein des Japanischen unkundiger Deutscher aus der Sprache des Japaners heraushören, ob dieser gut oder schlecht gelaunt ist, ob er schmeichelt oder ob er zürnt etc.? Wird in allen Sprachen der Welt bei einem Zornausbruch ähnlich verfahren, wird man als Chinese in einem solchen Fall leise oder laut? Das Interesse richtete sich somit auf emotionale Universalien in den Sprachen. Was ist daran anthropologisch konstant und biologisch fundiert und was ist bloß Usus, kultureller Brauch? Wir wollten das Zufällige vom Permanenten trennen. Eigentlich ist das eine fast naturwissenschaftliche Frage, und so handelten wir auch naturwissenschaftlich, nämlich experimentell. Höfler ließ, entsprechend seiner großen *olympischen* Neigung, seiner Vorliebe für Johann Wolfgang von Goethe nämlich, die Frauenrollen des Faust I in allen möglichen exo-

tischen, meist fernöstlichen Sprachen von *Native speakers,* also ausländischen Gaststudentinnen, auf Band sprechen. Diese Bänder hörten wir dann ab, und es wäre unsere Aufgabe gewesen, herauszuhören, wer hier was spricht. Die Auswertung dieses Ergebnisses war aber dürftig, was sicher auch an den nicht gerade geschickt gewählten Grundvoraussetzungen lag. Erstens waren wir für ein statistisch unanfechtbares Ergebnis zu wenig *Probanden.* Der schwerer wiegende Fehler lag aber wohl in der Auswahl des *sprachlichen Materials.* Goethe war für ein solches Unterfangen wohl nicht der richtige Patron. Jeder hochkünstlerische Schreiber liefert eine zu dezidierte *Vorschreibung,* als daß ein Vorleser sich und seine nationale Eigenart zur Geltung bringen könnte.
Der an jener Übung interessantere Teil waren indessen Höflers Erzählungen über graphologische und parapsychologische Merkwürdigkeiten. Unerhörtes und Unglaubliches berichtete er über diesbezügliche Fähigkeiten, die sein Kollege Eduard Sievers besessen haben soll. Dabei ging es aber nicht um die Methode von dessen *Schallanalyse*, einem phonetischen Verfahren, um alten Texten editorisch auf die Spur zu kommen, sondern um dessen angeblich vorhandene hellseherische und telepathische Fähigkeit. So soll er in Leipzig, wo er seit 1892 lehrte, wiederholt der Polizei behilflich gewesen sein, wenn es um Enttarnungen und Entlarvungen von Verbrechern ging. Wenn Schriftstücke in diesem Zusammenhang eine Rolle spielten, war Sievers die erste Adresse der Kriminalisten. So war er, Sievers, der einmalige Fall eines *brauchbaren* und *nützlichen* Altgermanisten, der aus der Beschäftigung mit Schriften und Handschriften praktisches Wissen für die Kri-

minologie schöpfte. Heute werden freilich auch hin und wieder Dialektologen, also Mundartforscher, zu Rate gezogen, wenn ein erpresserischer Anruf auf Band aufgenommen wurde und Aussagen über die Herkunft des Erpressers gemacht werden sollen. Erkennungsdienstliche Hilfestellungen. Handelt es sich um einen Schwaben, einen Franken oder Bayern, einen Sachsen, einen Österreicher oder einen Hessen? Wenn der Erpresser aber Schwyzerdütsch spricht, dann braucht die Polizei wirklich keinen Sachverständigen... Oft spielt natürlich auch eine Fremdsprache eine Rolle.

An eine von Höfler über Sievers erzählte Geschichte erinnere ich mich besonders gern – sie hat wahrlich schon Mären-Charakter. Sievers also wurde wieder einmal ein Erpresserbrief vorgelegt. Der Meister traf seine Vorkehrungen, setzte sich vor das Blatt und stimmte sich ein. Laut Höfler schloß er die Augen und machte den Eindruck eines Menschen, der vor einer schweren und auch schmerzlichen Aufgabe oder Prüfung steht. Auf die Anspannung folgte aber die Entspannung, eine Art von leidenschaftsloser Vergessenheit und Leichtigkeit. Wenn denn jener Punkt der notwendigen absoluten Gelöstheit und Ungezwungenheit erreicht war, begann Sievers zu lesen und las den Brief in einem durch. Nun hatte er bereits einen Eindruck oder sogar ein Urteil. Er wiederholte aber zur Überprüfung noch einige Male die Lektüre. Jetzt sah er klar und konnte gutachten. Und so habe er einmal aus einem von *einer* Hand geschriebenen Erpresserbrief herausgelesen, daß zwei Personen jenen Text formuliert hatten! Er eruierte somit zwei *Physiognomien,* grammatische Gesichtszüge, syntaktische Gesten.

Der Brief war sprachphysiognomisch also *heterogen,* nicht einheitlich. Sievers erkannte aber noch mehr. Der Schreiber und sein Mitschreibender, das heißt diktierender Helfer, waren Vater und Sohn! So machte der Experte nicht nur die Differenz zweier Personen, sondern auch ihre verwandtschaftliche Nähe aus. Schließlich diagnostizierte Eduard Sievers aber auch, daß der Schreiber ein Gebrechen haben müsse, und zwar konkret einen hinkenden Fuß! Als uns Otto Höfler dieses Detail, diesen Höhepunkt und diese Schlußpointe lieferte, saßen wir offenen Mundes und baß erstaunt im Hörsaal zwei des Instituts für Germanistik und kamen auch lange aus dem Staunen nicht heraus. Denn Sievers' Angaben führten zur Überführung der Erpresser, eines Leipziger Schusters und seines hinkenden Sohnes.

Sievers ging von der grundsätzlich richtigen Erfahrung aus, daß jede Schrift und jeder Sprachgebrauch einmalig und unverwechselbar sind wie Fingerabdrücke.

Heute gewährleistet die Schreibmaschine oder der Computer die Anonymität von bedenklichen Schriftstücken. Keiner wird einen anonymen Brief von Hand schreiben. Ja die Kriminalisten können selbst mit Typoskripten etwas anfangen. Die Kugelköpfe der elektrischen Schreibmaschinen und schon gar die Buchstaben in alten Schreibmaschinen gewinnen durch längeren Gebrauch an Eigenart und Individualität. Es gibt Buchstaben, die bringen sich stärker und forscher zur Geltung, und andere sind zurückhaltender, drücken sich nur blaß und zaghaft ab. Die Buchstaben mit geschlossenen Kreisen und Rundungen, namentlich das a und das e, füllen sich immer wieder mit Schwärze und Ruß vom Band. Nicht nur die Tafelklaßler, auch Schreibmaschinen patzen, und manches Typoskript sieht aus wie von Fliegen bekleckert. Der »Font« der Maschine selbst ist *aussagekräftig.* So sind auch die Schreibautomaten und Schreibmaschinen bestimmbar, die Typen der Typen. Und wieder gilt, je ausgefallener der Typ, um so leichter ist er feststellbar. Nicht das Unverwechselbare, sondern, gerade im Gegenteil, das Verwechselbare gilt in dieser Welt, der Halb- und Unterwelt, als das Ideal. Unscheinbar und durchschnittlich, gewöhnlich und unauffällig wie der biedere Bürger, den er erleichtern will, muß auch der Dieb oder Räuber sein. Wer auf der Stirn eine Tätowierung trägt oder ein Muttermal, kann den *Gewerbeschein* gleich zurückgeben. Oder er muß mit Masken und Strümpfen arbeiten. Damit sage ich sicher niemandem, vor allem keinem Vertreter jener Branche etwas Neues. Wer seine Anonymität absolut gewahrt wissen will, schneidet Buchstaben aus verschiedenen Zeitungen unterschiedlicher Größe aus und klebt seine Botschaft aus diesen Buchstaben zusammen:

CARINTHIA

»Unser Schreibzeug arbeitet an unseren Gedanken«, schrieb Friedrich Nietzsche 1882. Er ist einer der ersten Schriftsteller überhaupt, der *typographierte.* Damals war noch von *Drücken* (nicht *Drucken*) die Rede. Nietzsche *drückte* Aphorismen in seine vom dänischen Pfarrer Rasmus Malling Hansen bezogene Maschine, eine *Schreibkugel,* aus der wie die Stacheln aus einem Igel die Hälse der Buchstabenplättchen ragten und unter der sich, aufgespannt über einer Trommel, unsichtbar für den Schreiber, das Papier befand.

Hansen, Direktor einer Taubstummenanstalt, hat seine Maschine bekanntlich für Behinderte, Blinde und Taubstumme, entwickelt. Sie fand aber bald auch im Geschäftsleben Verwendung. Sie stand in Konkurrenz zum amerikanischen Modell »Remington I«, dem sie sich schließlich als unterlegen erwies. Friedrich Nietzsche nun schrieb in einem Brief vom 5. Dezember 1881 an Elisabeth Förster: »Meine liebe Schwester, ich kenne die Hansen'sche Maschine recht gut. Hr. Hansen hat mir zweimal geschrieben und Proben, Abbildungen und Urtheile Kopenhagener Professoren über dieselbe geschickt. Also diese will ich (nicht die amerikanische, die zu schwer ist).« Nietzsche beklagte in einem Brief aus Venedig vom 19. Februar 1882 an seinen Freund, den Komponisten Peter Gast (eigentlich Heinrich Koeselitz), daß dieses Schreibzeug offenbar in der Weise an seinen Gedanken arbeite, daß er keine langen Sätze zustande bringe. Die Maschine war offensichtlich das ideale Gerät zur Erzeugung von kurzen Sätzen und Aphorismen, was daran lag, daß man das Papier nicht sah und ein gutes Kurzzeitgedächtnis, ja schon ein gediegenes Langzeitgedächtnis haben mußte, wenn man Perioden bauen und einen *hypotaktischen* Stil schreiben wollte. Vom »verwünschten Telegrammstil, zu dem mich Kopf und Auge nöthigt«, schreibt Nietzsche, der Kurzsichtige, schon 1879. Die Gedichte aber, die er *drückte,* waren dergestalt:

DIE SCHREIBKUGEL IST EIN DING, GLEICH MIR VON EISEN,
UND DOCH LEICHT ZU VERDREHN ZUMAL AUF REISEN.
GEDULD UND TAKT MUSS REICHLICH MAN BESITZEN
UND FEINE FINGERCHEN, UNS ZU BENUETZEN

oder

MIT WITZBOLDEN IST GUT WITZELN,
WER KITZELN WILL, IST LEICHT ZU KITZELN.

Mit der Erfindung der Schreibmaschine ist nicht nur ein neuer Beruf entstanden, abgesehen vom Schreibmaschinenhersteller selbst, nämlich der des Schreibers oder der Schreiberin, es ist damit leider auch einer verschwunden, nämlich der des Kopisten. Zugleich mit der Schreibmaschine wurde ja auch das Kohle- oder Pauspapier erfunden, so daß jedes Schriftstück in einem Aufwaschen gleich in mehrfacher Ausführung hergestellt werden konnte. *Hand in Hand* mit dem Typoskript geht der Durchschlag! Ich habe selbst noch beim Schreiben meiner Dissertation auf diese archaische Weise die verlangten vier Exemplare hergestellt und bei der Reinschrift, der sehr unsauberen *Reinschrift* meiner Endfassung – dieser *Ausgabe von letzter Hand* – immer einen ganzen Packen von Papier und Kopierpapier in die Maschine gedreht. Und nicht nur einmal habe ich über diese Fron auch geflucht, wenn ich etwa gleich das erste Kohlepapier nach jenem Blatt, auf das die Maschine ihre Typen schlug, irrtümlich verkehrt herum einlegte.
Das hatte den Effekt, daß die Originalseite auf der Rückseite den Text in Spiegelschrift zeigte, das zweite weiße Blatt aber weiß blieb und die beiden letzten Blätter keine scharfen Schriftzeichen, sondern nur eine Art Grauschleier aufwiesen. Eine zusätzliche Schwierigkeit bestand beim Schreiben meiner mundartkundlichen Dissertation darin, daß in das Typoskript sehr viele Transkriptionszeichen der Lautschrift von Hand

eingetragen werden mußten. Immer dann, wenn etwa ein griechischer Buchstabe kam, mußte man beim Tippen eine Leerstelle lassen. Es war dieses Schreiben noch ein wahrer Kampf mit dem Text, und manche Seite geriet mir denn auch wie ein Schlachtfeld, ein Kampfplatz. Solchem *Textverarbeiten* entsprach die Baustelle.

Beim Eintragen der handschriftlichen Zusatzzeichen bekam ich auch eine gute Vorstellung vom alten Beruf des Kopisten, der in den alten Kanzleien und Kontoren und dementsprechend auch in der Literatur, sei es in E. T. A. Hoffmanns *Der goldene Topf* oder auch in Gustav Freytags *Soll und Haben,* eine so merkwürdige Rolle spielte. Es gab also neben dem Schreiber seinerzeit auch den *Ab*schreiber, vor dem heutigen Kopierer den Kopisten. Seine Qualifikation bestand in einer schönen Handschrift, er hatte die Fähigkeit zur Genauigkeit, die Tugend der Konzentration. Bescheidenheit und Freiheit von persönlichem Ehrgeiz waren weitere Berufsvoraussetzungen. Er war in der Welt der Schreibstuben der Diener. Er entsprach dem Butler in den herrschaftlichen Häusern und Salons. Er war ordentlich gekleidet, hatte einen aufgeräumten Arbeitsplatz, ein Schreibpult wie der Mönch im mittelalterlichen Skriptorium und hielt sein Schreibzeug, seine Federn, die anfangs wirklich noch Federn waren, das heißt Kiele der Gänsefeder, in Ordnung und gespitzt. So aber wie nach der Erfindung des Telephons Kaiser Franz Joseph I. höchstpersönlich dem verschwindenden Beruf des Kuriers, des Übermittlers und Überbringers von Nachrichten, nachgetrauert hat, so sollten auch wir einmal eine Gedenkminute für den Kopisten und überhaupt den Schönschreiber einlegen...

Wer sich ein wenig in der Literatur über das Schreiben und die Schreibmaschine umsieht, wird immer wieder gewahr, daß manche Schrift über das Schriftsetzen nichts von Peter Mitterhofer, dem österreichischen Erfinder der Schreibmaschine, weiß, jenem Tischler aus Partschins bei Meran, der zwischen den Jahren 1864 und 1869 vier Schreibmaschinen, sogenannte Typenhebelkorbmaschinen, hergestellt hat. »M. konnte jedoch seine Erfindung nicht auswerten«, heißt es lapidar im Lexikon, verdient haben an seiner Erfindung andere; ein typisches österreichisches Erfinderschicksal. Ab seiner dritten Schreibmaschine verwendete Mitterhofer neben dem ihm als Tischler vertrauten Holz bereits Metall. Holz-Eisen-Kunststoff lautet materialiter die Evolution des Typenschreibers, Mitterhofer aber steht als Erfinder gleichberechtigt, wenn auch nicht gleichgeachtet, neben Johannes Gutenberg. Ihm gebührt ein Platz im Olymp der Einfallsreichen. Im Olymp der Geldreichen aber sind die Erfinder von Remington, Olympia und IBM angesiedelt...
Heute stehen nicht nur die alte Hansen und die Remington, also die ersten industriell hergestellten Schreibmaschinen, in den Museen, sondern bald auch die neuesten und letzten Modelle. Nun regiert der Computer. Schon verbitten sich Verlage und Redaktionen Manuskripte und Typoskripte und verlangen dezidiert Disketten.
Diese Disketten enthalten gerade jene Befehle, die der Drucker als Zeichen zu Papier bringen muß. Man kann den Text von der Festplatte oder der Diskette aber auch auf dem Bildschirm *visualisieren* und an den Daten herumlaborieren und korrigieren. Ich erinnere mich, wie ich einmal im nachhinein im Manuskript

eines Romans ein bestimmtes Wort, einen Eigennamen, eliminieren und durch einen anderen ersetzen wollte. Es war mühsam, das entsprechende Wort an allen Stellen aufzuspüren, und einige Male ist es bei der ersten Korrektur auch irrtümlich durchgegangen und stehen geblieben. Wie leicht wäre es, eines solchen Problems elektronisch Herr zu werden, und wie verläßlich wäre das Ergebnis! Es gibt hundert gute Gründe, auch wenn man der Einmaligkeit alter Schriften und Manuskripte nachtrauert, von den Möglichkeiten der Textverarbeitung fasziniert zu sein. Und so ist mein Widerstand gegen jene technische Neuerung auch allmählich zusammengebrochen, wenn ich auch meinen Söhnen gegenüber weiterhin den Standpunkt des Alten vertrete. Die Jugend hat ein Recht auf unseren Widerstand. Denn wenn alles nur durch Widerstand wächst, sind wir den Jungen als Reibebaum in der Pflicht. Sie haben darauf einen Anspruch. Und so komme ich dieser Rolle nach und sage zu meinem Sohn, daß sein Schreibprogramm, und heiße es auch WORD PERFECT oder wie immer, von der Geschichte der Schrift nichts weiß. Der Computer sei ahistorisch, er beherrsche die *Brotschrift*, habe aber keine Ahnung von Antiqua und Quadrata, der karolingischen und der gotischen Schrift, von Unziale und Bastarda und so fort.

Das koste, sagt mein Sohn, seinen *Compi* einen Lacher. Und er fragt mich, an welchem Wort er mir die Fonts seiner bescheidenen Software vorführen soll. »Schreib mir doch das lateinische Wort für Kärnten, *Carinthia*«, bitte ich ihn, und es dauert nicht lange, da bringt er mir folgendes Blatt (siehe nächste Seite). »Zufrieden?« fragt er. »Nicht ganz«, sage ich.

Carinthia (Barn 49)

Carinthia (Basel CB 24)

Carinthia (Camelot 23)

Carinthia (Diamond 12)

carinthia (emerald 17)

Carinthia (Garnet 16)

Carinthia (Gogh B)

Carinthia (Helvetica 18)

Carinthia (mBarn 24)

Carinthia (Opal 12)

Carinthia

Carinthia (Paris 28)

Carinthia (Ruby 15)

Carinthia (Saphire 19)

Carinthia (Topaz 11)

Schreiberstolz, Schriftstellerhochmut, Intellektuellenhybris, Akademikerdünkel, wie oft hörte man nach dem Zweiten Weltkrieg noch jene Geschichten von der Not der Analphabeten im Felde und auf dem Felde der Information. Wie sich die Schreibunkundigen anderer Kameraden bedienen mußten, denen sie entweder *in die Feder diktierten* oder die sie überhaupt um die selbständige Formulierung eines Briefes über ihre Situation beim Militär an Eltern, Geschwister oder auch an die Braut in der Heimat bitten mußten. Und wie sie immer wieder einmal angeführt wurden und die Einspringer und Nothelfer ganz etwas anderes und etwas sehr Unpassendes, oft Unanständiges statt des vom Analphabeten Bestellten oder Erbetenen in einen solchen Brief schrieben. Es gibt keine Not, mit der nicht Scherz getrieben würde auf dieser Welt. Nicht nur im Mittelalter wurde über Schildereien, auf denen Blinde oder Lahme abgebildet waren, herzhaft gelacht. Der Zynismus ist keine Erfindung der Jetztzeit, die ihn freilich besonders gut beherrscht. Wenn man allein an die tägliche Abendunterhaltung des sogenannten Nachrichten-, also des Katastrophenschauens denkt! Wer hat nicht schon, bequem in seiner Wohnlandschaft hingelümmelt, eine Flasche Bier und Kartoffelchips vor sich auf dem Nierentischchen, auf die verhungerten Kinder ferner Landstriche geblickt und sich nicht viel dabei gedacht.

Zurück zum Analphabetentum: Es gibt nur wenige Hinweise auf eine besondere Hoch- und Wertschätzung des Ungebildeten in einzelnen Kulturen. Immerhin gilt der Ungebildete als unverbildet. Denn das, was der Gebildete *Bildung* nennt, ist ein Prozeß mit oft problematischem Ergebnis. Von ungebildeten Mönchen in Klöstern der russisch-orthodoxen Kirche heißt es nun, daß sie nicht nur geachtet, sondern teilweise sogar geehrt, ja einige wenige, den Mangel an Bildung durch besondere Frömmigkeit und Heiligkeit ersetzend, geradezu verehrt und von Wallfahrern und Ratsuchenden besucht wurden. Vom *Gottesnarrentum* ist selbst noch in den Memoiren des Komponisten Dimitri Schostakowitsch die Rede, der nun alles andere als ungelehrt war, der sich aber in seiner Bedrängnis gegenüber der Staatsmacht, die in seinem prekären Fall Josef Stalin hieß, vorübergehend in die Rolle eines Gottesnarren flüchtete, eine seltsame Rolle, die selbst im kommunistischen Rußland akzeptiert wurde, wie man erstaunt lesen kann. Stalin soll nur vor den Popen Respekt gehabt haben. Schostakowitsch bezeichnet sich selbst als Atheisten, was die Sache natürlich noch kurioser, aber auch interessanter und reizvoller macht. Oder ist der Atheist nicht überhaupt der authentischste Gottesnarr, frage ich mit allem Respekt vor seiner Überzeugung, der ich mich nicht anschließen möchte.

Ähnlich viel, wenn nicht noch viel mehr als über den oft als *Analphabeten* bezeichneten Karl den Großen, den großen Analphabeten Karl, ist über den Analphabeten Wolfram von Eschenbach, den Verfasser des *Parzival,* des *Willehalm,* des *Titurel* und von Minnelyrik, geschrieben worden. Er *kenne keinen Buchstaben,* schreibt er bekanntlich, und mit Büchern und was *daran* geschrieben steht, könne er nichts anfangen: »Waz an den buochen stet geschriben, des bin ich künstelos beliben.« Früher nun wurden solche Aussagen Wolframs ziemlich ernst genommen, ernst und wörtlich, und so entstand, ähnlich dem Mythos vom blinden Homer, dem blinden Seher, jener vom schreibunkundigen Dichter Wolfram. Ein schriftunkundiger Schriftsteller! Die moderne Lesart der beschriebenen Illiteralität Wolframs sieht natürlich ganz anders aus. Nicht Demut, weiß man heute, drückt sich in seinen Selbstäußerungen aus, ganz im Gegenteil: Selbstbewußtsein, ja Stolz. Er sei kein bloßer Buchgelehrter und Buchstabenfuchser, sondern – obwohl nur Laie – *inspiriert.* Der Buchstabe tötet, der Geist ist es, der lebendig macht... Aus mir spricht der (Heilige) Geist, will Wolfram sagen, ich bin Mystiker und nicht Schriftführer. So muß man es lesen. Bei der Ausdeutung der wichtigsten Stelle in diesem Zusammenhang aus dem *Willehalm* vom Beginn des 13. Jahrhunderts hat sich übrigens mein verstorbener Lehrer Hans Eggers besondere Verdienste erworben. Und da ich ihm bei der Literatursuche behilflich war, darf ich mir auch selbst ein kleines Verdienst gutschreiben. Und da kurz vor dem entscheidenden Aufsatz von Hans Eggers Friedrich Ohly (den wir bedauerlicherweise übersehen hatten) zu ähnlichen Schlüssen gekommen war, ist dieses Ergebnis auch wirklich stichhaltig, hieb- und stichfest, um es ritterlich im Sinne der Artus-Epik zu sagen. Damit ist die alte Meinung endgültig überwunden, die ich *Aus deutschen Lesebüchern,* Gera und Leipzig 1894, zitiere: »Die Bewunderung von Wolframs großartiger Befähigung steigt, wenn man bedenkt, mit welch dürftigen Mitteln er sein herrliches Werk geschaffen hat: Nach seinem eigenen Geständnis konnte er weder lesen noch schreiben. Er hat also die Quellen sich vorlesen lassen und das umfangreiche Epos einem schreibkundigen Mönche oder fahrenden Schüler diktiert. Welch Riesengedächtnis gehörte aber dazu, vom bloßen Hören die Unsumme von Namen und Thatsachen zu behalten und mündlich alle sprachlichen Schwierigkeiten in Rhythmus und Reim zu überwinden.« Eggers aber hat gezeigt, daß das *keinen Buchstaben Kennen* ein alter religiöser Topos ist und im lateinischen *non cognovi litteraturam* eine biblische, patristische und auch sonst verbreitete Entsprechung hat. Vor allem hat Eggers auf eine Stelle bei Bernhard von Clairvaux hingewiesen, der seine 26. Predigt über das Hohelied unterbricht und zu einer *herzergreifenden Totenklage* über das Ableben seines Bruders Girard, der bei ihm im Kloster war, übergeht: *Non cognovit litteraturam, sed habuit litterarum inventorem sensum, habuit et illuminantem Spiritum…* Auch er kannte keinen Buchstaben, hatte aber einen Zugang zum Sinn der Schrift und besaß den Geist. Spiritus, großgeschrieben mit der heiligen Versalie *S* im Anlaut, also und somit der *Heilige* Geist!

Nicht jeder, der diktierte, mußte deshalb ein Analphabet sein. Von Ulrich von Lichtenstein, dem Verfasser des *Frauendienstes,* einer *erotischen Autobiographie* aus dem 13. Jahrhundert, heißt es auch, er habe, alt und krank, wie er war, als er sich nach vielen politischen, ritterlichen und amourösen Abenteuern endlich ans Schreiben machte, auf seiner Frauenburg bei Unzmarkt, einem anderen in die Feder diktiert. Und sicher hat auch drei Jahrhunderte später Gottfried von Berlichingen, der Ritter mit der eisernen Faust, das heißt einer Art Schürhaken als Prothese für die im Landshuter Erbfolgekrieg eingebüßte Hand, einen gehabt, der ihm behilflich war, als er sein Leben – eine einzige Fehde – aufschrieb.

Schreiben zu lernen kostet Anstrengung und Überwindung, die Fähigkeit selbst verlangt nach ihrem Erwerb dauernde Übung, um nicht wieder zu verschwinden und dem *sekundären Analphabetismus* Platz zu machen. Es waren die Mütter, die früher ihre Hand auf die Hand des Kindes gelegt und die ersten Schreibübungen bei den Hausaufgaben gelenkt haben. Sie hatten die führende Hand. Und mancher hat wohl diese Führung durch die Mutter nicht nur bei der Gestaltung der Buchstaben, sondern auch in wesentlicheren Dingen, bei der Vermittlung von Werten und Haltungen, in Erinnerung behalten und sich auch später, nachdem die Mutter lange tot war, daran gehalten. Bis zu ihrem eigenen Tod wollen sie ihr nicht nur nicht durch schlampige Buchstaben, sondern auch keinen schlampigen Lebenswandel Schande machen. Franz Stelzhamer war ein solcher Mutterbub im guten Sinn. Werde ich wirklich einmal brav und fromm werden, dann ist es wegen der Mutter geschehen. Niemand, kein Mensch außer meiner Mutter, kann mich verändern. In der *obderennsischen* Mundart klingt das natürlich anders, inniger, herzlicher, überzeugender. Man müßte es also in die *Mutter*sprache rückübersetzen.

Heute praktiziert man nicht nur beim Buchstabenlehren eine andere Methode. Längst sind die alten Fibeln außer Gebrauch gekommen: Otto holt keine Eier mehr. Mimi ist nicht mehr im Haus. Der neue Lettrismus: Bevor geschrieben wird, werden die Buchstabenformen getanzt, gezeigt, ausgeschnitten, aus Plastilinwürsten modelliert, aus Pfeifenputzern zurechtgebogen. Die Kinder gehen und stehen auf aus Packpapier ausgeschnittenen Lettern. Sie ertasten sie und erfahren sie, soweit möglich, mit allen Sinnen. Durch das Löffeln der Buchstabensuppe sollen sie auf den Geschmack kommen. Der Nürnberger Trichter ist außer Gebrauch

gekommen wie auch die Schiefertafel. Die Schule schreibt schon den Tafelklaßlern das Heft vor. Nicht lange, und die Kinder haben das *lateinische* Alphabet ganzheitlich *intus*.
Einmal berichtete mir ein Literaturpolitiker von seinen Initiativen, das *Lesen auf dem Land* betreffend. Als gelte es, das Abendland zu retten, machte er sich Sorgen und Gedanken, wie man das Buch auf die entlegensten Bergbauernhöfe bringen könne. Nicht nur hätte er in den kleinsten Märkten, ja Weilern gern Buchhandlungen gesehen, er wollte auch mit einem Bücherbus, einem allradangetriebenen mobilen Buchbauchladen sozusagen, der Lektüreunlust der ausgeschundenen Menschen in der Landwirtschaft auf den Leib rücken. Der Tierarzt und der Arzt sollten auch Bücher *verschreiben*. In verschiedenen Dörfern wollte er nach dem Vorbild der Literaturtage in Rauris ähnliche Veranstaltungen aufziehen. Autoren sollten ähnlich wie zu Schullesungen in Zwergschulen bis ins Hochgebirge hinauf auch zu Almhütten unterwegs sein. In mir dachte der Eiferer einen Gleichgesinnten anzutreffen, weil ich doch auch aus der ländlichen Dumpfheit, wie er meinte, in die Welt der Wörter entflohen sei. Da mußte ich ihn aber sehr enttäuschen, weil ich ganz und gar nicht der Meinung bin, daß es gerade die Romane sind, die den Leuten auf dem Land zu ihrem Glück gefehlt haben. Ich habe zu viele zufriedene Menschen ohne eigene Bibliothek gesehen! Unter Lesern gibt es genug Tröpfe, und unter den sogenannten Ungebildeten ist die Weisheit verbreiteter, als es sich die sogenannten Gebildeten vorstellen können. Man kann mit Eifer und Interesse Beispiele suchen und natürlich finden, wo sich der Mangel an Bildung *schlecht* ausgewirkt

hat. Ich finde freilich öfters, ohne angestrengt zu suchen, Beispiele von Analphabeten, die wertvolle Mitglieder der Gesellschaft und sympathische Zeitgenossen dazu sind. Und gern schaue ich zurück in die Geschichte:
Ich grüße herzlich jene zwei Mönche, geprüfte Analphabeten, buchstäblich und in der Tat, die von der Kurie, dem päpstlichen Hof in Rom also, im 12. und 13. Jahrhundert, etwa von Innozenz III., beschäftigt wurden und die Urkunden mit dem von ihnen geprägten Bleisiegel versehen mußten. Das war eine Maßnahme zur Fälschungssicherung und Geheimhaltung. Der Papst ging von der richtigen Einschätzung aus, daß nur ein Mensch, der ein Geheimnis nicht kennt, weil er den Inhalt der Urkunde nicht lesen kann, sich als »Geheimnisträger« eignet. Die beiden hatten also gerade aufgrund ihres Bildungsstandes, Bildungsnotstandes, ihrer Unbildung nämlich, eine wichtige, geradezu staatstragende Funktion. Und sie waren für ihre Aufgabe prädestiniert und prädisponiert, nämlich unvorbereitet, also geeignet. Und ihre Rolle war keineswegs *traurig,* wenn sie vielleicht auch einmal mit Eunuchen oder kastrierten Haremswächtern bei arabischen Potentaten verglichen worden sein mögen, die auch ihrem Herrn (und seinen Damen) nicht gefährlich werden konnten. Anders als die Kastraten, die an den Höfen, auch dem päpstlichen, hoch und im Falsett sangen, waren und blieben die beiden beamteten Analphabeten, was sie waren: ungebildet, natürlich und unverdorben, auch unverdächtig. Sie waren zu nichts gemacht worden, sie waren vielmehr das geblieben, was sie von Haus aus waren. Der Mensch ist ursprünglich eine *tabula rasa,* eine aus-

gelöschte Tafel. Im Laufe der Sozialisation und der Alphabetisierung wird diese Tafel beschrieben und beschriftet. Der Tod aber löscht diese Tafel nicht einfach aus, er zerschlägt sie. Von Gott heißt es, nach einem Wort von Georges Bernanos, er schreibe gerade auch auf krummen Zeilen.

Einer kann schreiben. Wie die Deutschen oder genauer die Alemannen schreiben gelernt und die Schrift, das heißt die Heilige Schrift, kennen und lesen gelernt haben, läßt sich an den sogenannten St. Pauler Lukas-Glossen ablesen. Es handelt sich dabei um zwei Blätter, die einer anderen Handschrift mit einer Schrift des Ambrosius vorgebunden waren. Die Blätter bieten einen leicht verblaßten lateinischen Text aus dem 6. Jahrhundert und dazu deutsche Glossen aus dem 8. Jahrhundert, in dunklerer Tinte, spitzer geschrieben und deshalb leichter lesbar. Unter Glossen, Randglossen oder Zeilenglossen (Marginal- oder Interlinearglossen) versteht man übersetzte und dem Grundtext eingeschriebene Wörter. Es handelt sich bei den Glossen um Vokabelnotizen, wie sie sich auch heute mancher macht, der einen fremdsprachigen Text durchgeht und die unbekannten Wörter im Wörterbuch nachschlägt und in seinen Grundtext einträgt. Die St. Pauler Lukas-Glossen sind alemannisch, also nicht in Kärnten entstanden. Sie sind vielmehr auf dem Weg über St. Blasien im Schwarzwald, von wo St. Paul nach der Auflösung durch Kaiser Joseph II. wiederbesiedelt worden war, hierher gelangt, wie so vieles, ja das meiste an Schätzen in Bibliothek und im »Schatzhaus«, etwa auch das »Adelheidkreuz«. Sie gehören sprachlich und von ihrer Provenienz her in den Reichenauer Zusammenhang. Das glossierte Bibelfragment betrifft im wesentlichen die Geburt Christi und die sogenannte Darstellung im Tempel.

Zu oft habe ich mir den Vorwurf anhören müssen, ich latinisiere zu *penetrant,* um es nun doch wieder lateinisch zu sagen. Mit dem Latein in meinen Büchern brächte ich mich noch ganz um die Wirkung. Diese tote Sprache brächte mich noch um. Jedenfalls um Leser und Kundschaften. All dies im Ohr und bedenkend, will ich nun, da mir doch etwas Lateinisches am Herzen liegt, besonders propädeutisch und vorsichtig vorgehen. Ich beginne also deutsch und falle nicht gleich mit dem Latein ins Haus. Und ich beginne mit einer wohl vielen geläufigen biblischen Erzählung, der Weihnachtsgeschichte nach Lukas, aus gegebenem Anlaß der Lukas-Glossen in St. Paul. Bei Lukas heißt es in deutscher Übersetzung: *Sie (Maria) legte ihn in eine Krippe, weil in der Herberge kein Platz für ihn war.* Nun wird dem lateinischen Satz, dem *entsprechenden*, wohl sein Schrecken genommen sein: *Et posuit eum in praesepium quia non erat ei locus in diversurio.* Dieser lateinische Satz wird nun von jenem Glossator des 8. Jahrhunderts glossiert, ja eigentlich schon übersetzt, wobei die Zwischenstation zwischen Glosse und Übersetzung die sogenannte Version darstellt – die *Interlinearversion.* Nun kann freilich auch diese deutsche, nämlich altdeutsche, genau gesagt althochdeutsche, das heißt altalemannische Interlinearversion den Laien durchaus in der Fremdheit der archaischen Orthographie erschrecken. Darum nähere ich mich dem Althochdeutschen (mein Sohn sagt boshafterweise: Alzheimerdeutschen...) vorerst in neuhochdeutscher Transliterierung. Transliterieren bedeutet in diesem Fall eine wortgetreue, aber erneuerte Umschrift anzufertigen:

(Sie) gesetzte ihn in (einen) Barn, denn nicht war ihm Stätte in Gasthause. Nun wird wohl auch die altdeutsche Form akzeptabel sein: *kesazta inan in parnin in parnin in chripiun uuanta ni uuas imu stat in casthuse.* So also lautet die alte Interlinearversion, an der es einige Auffälligkeiten zu erklären gilt. Es dürfte aufgefallen sein, daß das lateinische *praesepium* (*Futtertrog,* auch *Stall*) gleich dreimal glossiert wird, zweimal mit dem Wort *barno* (flektiert *parnin*), einmal mit dem Wort *chripia* (flektiert *chripiun*). Man kann in dem zweimal erscheinenden *Barn* einen Fehler, also eine Verschreibung sehen, man kann aber an der Verdopplung auch die Freude ablesen, daß der Glossator das entsprechende Wort nach langem Suchen endlich gefunden hat. Vielleicht hat er mit der Verdopplung aber auch sich selbst Mut gemacht, zugesprochen oder *zugeschrieben,* dieses Bauernwort oder Knechtewort, diesen Ausdruck aus der Tierhaltung hier anzubringen. Das Wort *Barn* erzeugt auch genau die große Betroffenheit, die angebracht ist angesichts der Armut der Heiligen Familie und der Hartherzigkeit der Herbergsbesitzer. Barn? Ja Barn, in der Tat, man kann es nicht anders sagen. Es kommt freilich doch noch anders, aber geradeso dick: Barn ist zufällig auch ein Homograph und hat als zweite Bedeutung *Kind.* Die beiden *Barn* sind etymologisch unverwandt. Das *Barn* in der Bedeutung *Kind* hängt bekanntlich mit *beran* (tragen) zusammen, mit *gebären* und *Geburt. Barnilo,* »Kindchen« kommt etwa in der gotischen Bibel des Wulfila vor.

An dieser Stelle meiner Niederschrift über das Schreibenlernen ist wohl ein Wort über das Gotische angebracht. Die Goten, richtiger die Westgoten, haben als erstes germanisches Volk den Schritt zum Buche getan, und das verdanken sie dem Bischof Wulfila, der ihnen die Bibel in ihrer Sprache und damit zugleich eine Buchschrift gab. Nicht geklärt ist, ob den Goten Runen bekannt waren. Erst mit der gotischen Bibel begann gotische Literatur, es wurde aus einer unliterarischen eine Schriftsprache. Wie verworren und verschwommen die Vorstellungen von den Goten waren, belegt die Bezeichnung *gotisch* für die Baukunst des hohen und späten Mittelalters, für die es in Kärnten so viele Beispiele wie in keinem anderen österreichischen Bundesland gibt, zugleich wurde sie aber auch für die Schrift gewählt, die nun wirklich in der mißverständlichen *gotischen Zeit* geschrieben wurde, als gotische Kursive und als Buchschrift, die mit der wirklich gotischen Schrift des Bischofs Wulfila im sogenannten *Codex argenteus,* der Prachthandschrift der Universitätsbibliothek im schwedischen Uppsala vom Beginn des 6. Jahrhunderts, wieder sehr wenig zu tun hat. Und diese von Wulfila entwickelte Buchschrift hat wieder weniger zu tun mit der alten Runenschrift der Germanen. Wulfilas *Alphabet* gleicht eher dem griechischen. Die Goten sind ähnlich wie die Kelten für viele Halbgebildete eine Art Mythos geworden, wo man vieles, was sich in grauer Vorzeit verlor und das man schwer erklären konnte, unterbrachte. Dieses Schicksal teilen sie wieder mit den Etruskern, bei denen auch viel Unerklärliches untergebracht und lokalisiert wurde. Auch von den Hunnen weiß man wenig und spricht man darum oft...

Runenzeichen kommen in der gotischen Schrift, der Schrift Wulfilas, des *arianischen Bischofs* der Westgoten in *Niedermösien,* nun zwar vor, man denke etwa an das Zeichen Ψ für den *postdentalen Spiranten,* also jenen

Reibelaut, der gebildet wird, indem die Zunge über den Rand der leicht geöffneten Zahnreihen hinausgestreckt und der Luftstrom darübergeführt wird, was etwa dem englischen th in *this* entspricht. Aber weit ist es mit den Runen bei Wulfila nicht her... So können sich jene Kärntner *Gottgläubigen* und Deutschnationalen, die als Bekenntnissymbol über ihre Parte beziehungsweise die Parte oder Todesanzeige ihres oder ihrer Angehörigen statt des Kreuzes die Todesrune setzen, wohl auf die Germanen, nicht aber auf den frommen christlichen Bischof Wulfila berufen. Wie stark und einfach Weltanschauung an Buchstaben festzumachen ist, wird an jenen Runen in den hiesigen Kärntner Zeitungen auf den Todesanzeigen deutlich. Wie gelebt, so gestorben... Treue (Nibelungentreue) bis in den Tod... Ungebrochen, unbeugsam... Einzig der Tod konnte ihn – wie die geknickte Rune – brechen. Dem Tod gegenüber zieht der Mensch naturgemäß den kürzeren... *Den Kürzeren ziehen* hat bekanntlich auch einen runischen und heidnischen Hintergrund. Auf der Todesanzeige eines *Ehemaligen* stand vor kurzem nicht nur die Todesrune, sondern unter dem Text: Das Begräbnis findet ohne Beteiligung der Kirche statt! Hier handelte es sich also um doppelte Sicherheit. Die Lehre eines Menschen, den vielleicht viele als einen sogenannten *Unbelehrbaren* bezeichnen würden, für die lernschwache, sozusagen begriffsstützige Nachwelt. Kein Geistlicher hat ihn begleitet. Obwohl er sich nicht selbst entleibt, sondern sein Leiden heldenhaft bis zum bitteren Ende ausgestanden hat.

Doch wieder zurück zu Wulfila: Die gotische Bibel schreibt nun für *praesepium* weder *Barn* noch *Krippe,* wie immer die Wörter dann gotisch heißen müßten, sondern *uzeta.* Ich bitte die Leser, sich von diesem exotischen Wort nicht ins Bockshorn jagen zu lassen, es läßt sich nämlich erklären: Es setzt sich zusammen aus *uz* und *eta.* Lesen wir das *uz* als *us* (ohne die Skrupel der historischen Grammatiker) und denken wir bei *eta* an englisch *eat* für deutsch *essen.* Ergibt das Wort nun nicht einen überzeugenden Sinn? Und zufällig ist diese Erklärung auch noch richtig und nicht eine bloße *Volksetymologie*! *Uzeta* ist also so etwas wie eine *Aus-esse,* wenn der Neologismus erlaubt ist. Sit venia verbo. Eine *Ausesse* aber ist gerade der Barn oder die Krippe, der Trog oder die Raufe, aus denen das aufgesteckte Futter, Heu oder Grummet, manchmal mit gehacktem Stroh untermischt, oder eben der Trank oder Hafer gegessen beziehungsweise gefressen wird. Die gotische Bibel folgt bekanntlich nicht der lateinischen Bibel, sondern, wie es für Nachbarn buchstäblich *naheliegend* ist, der griechischen der *Septuaginta,* dieser frühen *Teamarbeit* von septuaginta, das heißt der 70 jüdischen Weisen. So übersetzt das gotische *uzeta* nicht das lateinische *praesepium,* das den Lukas-Glossen in St. Paul zugrundeliegt, sondern das griechische *φάτνη.* Vielleicht darf ausnahmsweise der ganze Vers II 7 der griechischen Bibel zitiert werden, in dessen Zusammenhang das Wort steht, nachdem es ja bereits deutsch, lateinisch und gotisch bekanntgemacht wurde: Luk. II 7

καὶ ἔτεκεν τὸν υἱὸν αὐτῆς τὸν πρωτότοκον καὶ ἐσπαργάνωσεν αὐτὸν καὶ ἀνέκλινεν αὐτὸν ἐν τῇ φάτνῃ, διότι οὐκ ἦν αὐτοῖς τόπος ἐν τῷ καταλύματι.

Das griechische Wörterbuch verzeichnet unter dem Stichwort *fatne* (φάτνη), daß es weiblichen Geschlechts ist und aus der indogermanischen Wurzel *bhendh* stammt, die im deutschen Wort *binden* vorkommt. Es ist also das Geflochtene und Gezeinte, das auch im Griechischen den Futtertrog bezeichnet und *bedeutet.* Genau besehen folgt das lateinische *praesepium*, das ja auch *sepire* (bzw. *saepire*) enthält, welches *umzäunen* bedeutet, dem griechischen *fatne.* Bei den Goten mag der Futtertrog also durchaus anders ausgesehen haben als bei den Griechen und Römern, sonst hätten Wulfila und der Glossator der St. Pauler Lukas-Glossen wohl andere Wörter gewählt oder nach dem klassischen Vorbild gebildet. Und sei es mit Gewalt, wie es oft genug vorkam.

Ich bitte dem Philologen nachzusehen, daß er sich so lange bei einer Nebensache aufhält. Denn ankommen tut es schließlich und endlich nicht auf die Krippe selbst, sondern auf das Kind in der Krippe. Mir geht freilich auch das immer wiederholte, von den Sopran-, Tenor-, Alt- und Baßstimmen sozusagen in allen Tonlagen und mit kunstvollen Koloraturen und Melismen rhythmisch modulierte *In praesepio* des lateinischen Hochamtes zu Weihnachten nie mehr aus dem Sinn. Wer das einmal gehört hat, kann es nicht mehr vergessen!

Habent sua fata libelli, sagten die Römer. Die Bücher haben merkwürdige Schicksale! Das gilt ganz besonders auch für den Codex argenteus, das *Silberne Buch.* Dieser Codex, eine Abschrift der gotischen Bibel des Wulfila, die um 500, wie erwähnt, in Norditalien angefertigt worden war, wurde von Liudger, dem Gründer der Benediktinerabtei Essen-Werden wahrscheinlich für Karl den Großen erworben. So mündet und endet oder beginnt wieder einmal das Große bei Karl... Karl dürfte sie dem Kloster Werden überlassen haben. Ende des 16. Jahrhunderts aber taucht sie als Besitz des Habsburgers Rudolf II. auf dem Hradschin in Prag auf. 1648, am Ende des Dreißigjährigen Krieges, wird das Evangeliar zur Kriegsbeute der Schweden. Der schwedische Reichskanzler de la Gardie ließ den Codex in Silber einbinden – daher der Name *argenteus* – und schenkte ihn 1669 als Kanzler der Universität Uppsala.

Ich war ungefähr achtzehn Jahre alt, konnte also schon gut lesen und schreiben, als mich einmal eine alte Bäurin aus unserer Nachbarschaft in ihren Dachboden schickte, um mich ihre *alten Schriften* anschauen zu lassen. Dort roch es geradezu nach dem Dreißigjährigen Krieg, nach Reformation und Gegenreformation. In Kisten, Schachteln und Truhen, aber auch auf dem Boden verstreut lag eine Bibliothek von Gebetbüchern herum, Bücher in schweren Ledereinbänden mit teilweise weggebrochenen Schließen, Bücher mit dunkelbraunem, ja schwärzlichem Schnitt, als wären sie Jahrzehnte in einer Selchkammer gehangen, rundum von Mäusen angeknabbert. Ein Rascheln ging durch den Raum, als ich ihn über eine morsche Holzstiege betrat und die *Bücherratten* und andere Nager Reißaus nahmen. Einen langen herrlich ruhigen Vormittag verbrachte ich unter jenem Dach, bekam viel Staub in die Lungen, wenn ich die Bücher öffnete und zuschlug, um sie vom gröbsten Schmutz zu reinigen, kam aber aus dem Staunen nicht heraus. Heute stehen die meisten Bände jener merkwürdigen Sammlung bei mir auf meinen Luxusregalen in Buche (Furnier), ich habe sie Seite um Seite untersucht und weiß inzwischen genau, *wo sie hingehören,* weil ich sie gründlich *bibliographiert* habe. Aber es blieben auch viele Rätsel: Wie kann man sich erklären, daß etwa *Sommertheil und Wintertheil der Christlichen Catholischen Hauß Postil / vber die Sontaglichen Euangelien von Pfingsten an biß auff das Aduent. Durch Barthol: Wagner / inn Truck verfertiget* auf einen Bauerndachboden geraten? Geheimnisvoll wie die Herkunft dieser Bücher und die Bücher selbst sind verschiedene Eintragungen auf den leeren Rückseiten. So hat auf dem letzten Blatt eines Buches des Barockpredigers Martin von Cochem eine ungelenke Hand eingetragen:

Der Johann ist geboren worden den 10. Juni 1816. Dann nach einem Strich: *Das der Joseph ist geboren ist worden im Jahre 1843.* Und eine dritte Eintragung: *Das Pucher Karl ist geboren worden den 8. Mai 10 Uhr Nachts 1852.* Es handelt sich bei meinen alten Büchern kaum um wertvolle Schätze. In Antiquariatskatalogen müßten sie allesamt mit dem Vermerk: Stark beschädigt, Deckel wurmstichig, Ränder zerstört, stockfleckig, vergilbt, Titelei fehlt, Fehlseiten, Bund gebrochen usw. versehen werden. Eine lange Mängelliste mit großen Beeinträchtigungen drückt den Preis. Ich denke aber nicht an Verkauf. Ich habe die Bücher bekommen, und sie sind mir bekommen. Immer wieder blättere und lese ich in ihnen. Ich liebe sie trotz oder wegen ihrer Beschädigungen, wie man etwa problematische Kinder liebt.

Unter meinen Beständen geht mir ein Buch besonders nahe. Eigentlich ist es eine Handschrift, ein Chirograph, wenn auch in gebundener Form, also ein Codex. Es handelt sich dabei um eine Abschrift eines Gebetbuches, die vielleicht zweihundert Jahre alt sein mag. Solche Abschriften, ließ ich mich von einem Schulmeister belehren, wurden seinerzeit in den sogenannten Sonntagsschulen angefertigt. Sonntagsschulen hießen jene Schulen, die von den Zehn- bis Vierzehnjährigen am Sonntag nach der Messe besucht werden mußten. Unter der Woche wurden die Kinder auf dem Land zur Bauernarbeit angehalten. So wich man auf den einzigen *freien* Tag aus. Um aber nun der Würde des Sonntags gerecht zu werden, stimmte man die von den Schülern zu erbringende Leistung und den Lehrplan auf das Geistliche hin ab. Gebetbücherabschreiben war dabei das Gegebene. Mein Christ-Katholisches Gebetbuch zeigt und bezeugt die Kenntnis gleich mehrerer oder doch von zwei Schriften. Die Überschriften und Titel sind in gotischer Buchschrift gehalten, die eigentlichen Gebetstexte aber in einer gotischen Kursive. Hin und wieder hat sich auch ein kursiver Buchstabe in die blockbuchstabenartig geschriebene Buchstabenleiste verirrt. Die Titeleien sind zudem farbig gehalten, dünne erdfarbene Initialen, von Bändern umrankt. Das Buch hat einen Gottesdienstteil und einen allgemeinen Gebetsteil. Der Gottesdienst- oder Meßteil zeigt immer an der gleichen Stelle die Spuren des aufgedrückten Daumens vom Lesen in der Kirche. Der spätere Gebetsteil zeigt weniger Gebrauchsspuren. Die Sorgfalt der Schrift nimmt gegen Ende deutlich ab. Um den Seitenspiegel einzuhalten, wurden die Seiten an den Ecken, einen Zentimeter vom Rand entfernt, mit einer Nadel durchstochen und die so eingegrenzten Fenster durch Randlinien umschrieben. Gebunden ist der Codex in Leder, der Schnitt könnte einmal vergoldet gewesen sein. Ein *Codex aureus*...

Die Sprache meines Gebetbuches ist älter als das Buch. Man wird vermutlich damals schon gesagt haben: *Zum Gedächtnis der Abgestorbenen.* Geschrieben, abgeschrieben aber hat man: *Zum Gedächtnusse der Abgestorbene* (sic!). Die Kirchensprache hinkte bekanntlich weit hinter der Gebrauchssprache nach.

Die Beispiele altertümlicher Ausdrücke und Redewendungen ließen sich tatsächlich beliebig vermehren. Ich selbst habe als Kind manches kirchen- und gebetssprachliche Wort gehört und gelernt, das ich nicht verstanden habe oder auf das ich mir einen eigenen privatsprachlichen Reim gemacht habe. Bereits in meinem ersten Buch, *Überwindung der Blitzangst,* habe ich meine Not, meine frühkindliche Not mit der Kirchensprache thematisiert. Ich habe einbekannt und eingestanden, daß ich die Wendung aus dem Glaubensbekenntnis *von dannen er kommen wird, zu richten die Lebenden und die Toten* mit den *Tannen* in Zusammenhang gebracht habe. Inzwischen ist, wie man weiß, die Tanne ein aussterbender Baum. Das liegt an ihrer Überempfindlichkeit gegenüber Umweltschäden. Heute wächst nur noch die Fichte, sagen die Agraringenieure. Noch, jedenfalls. Schon aber hört man, daß die schlechte Luft auch die Fichte anficht und daß auch sie bereits Schäden zeigt. Je mehr sauren Regen sie abbekommt, umso dürrer wirkt sie, und das bekommt ihr auch nicht. Obwohl ich selbst katholisch bin und bleiben werde und nicht der neuen grünen Religionsgemeinschaft beitreten will, die keine anderen Sünden als die Umweltsünden und keinen anderen Heiligen als Franz von Assisi kennt, den sie aber sehr eigenwillig und ahistorisch versteht, könnte ich doch auch ein säkularisiertes Credo in Anlehnung an das Apostolische Glaubensbekenntnis formulieren: *Die Tannen werden uns richten, die toten Tannen werden die Lebenden richten. Und dannen werden uns auch die toten Fichten richten.*

Erst später ist mir manches Wort des *Sanskrit*, der *sancta scriptura* und der Kirchensprache aufgegangen. Es fiel mir wie Schuppen von den Augen. So erlebte ich manche kleine Offenbarung und erfuhr im nachhinein den liturgischen Sprachdienst, von seinem primären Zweck ganz abgesehen, auch als eine gute philologische Propädeutik. Mich konnte das Altdeutsche, das so viele Studenten und Studentinnen erschreckte, nicht das Fürchten lehren. Heute sehe und erfahre ich als Lehrer, daß die jetzige Studentengeneration bereits die Sprache des 19. Jahrhunderts kaum versteht!

Ich habe gerade neulich die Probe aufs Exempel gemacht und meinen Studenten in einem Seminar über *Deutsche Gegenwartssprache* einen Satz der *Vergangenheitssprache* vorgelegt, einen Satz, den Karl Weinhold, der Begründer des Studiums der Germanistik in Graz, in einem Nachruf auf Matthias Lexer, den *Primus Praeceptor Carinthiae*, wie ich ihn in Anlehnung an den Ehrentitel Hrabanus Maurus' (*Primus Praeceptor Germaniae*) nennen möchte, den ersten Sprachlehrer Kärntens also, den großen Lexikographen und Wörterbuchmacher, von dem im Kärntner und sprachgeschichtlichen Zusammenhang gleich noch die Rede sein soll, geschrieben hat. Weinhold schreibt vor nur hundert Jahren also: *Lexer mußte Wiesbaden brauchen.* Was bedeutet dieser Satz? fragte ich die Studenten. Und sie sagten kein einziges Wort... Das Verständnis der zwanzig *sekundären Analphabeten* spießte sich also am *brauchen.* Erst nachdem ich das Wort *anwenden* als ungefähr synonymes Wort zu *brauchen* »in Anwendung« und ins Spiel brachte, ging einigen die medizinische Notierung des Wortes auf. Als ich daran erinnerte, daß in *Wiesbaden* das Wort *Bad* bzw. *Baden* als Grundwort erscheint, fiel der Groschen: *Brauchen* für *eine Kur machen, einen Kurort aufsuchen* etc.

Wie aber, wenn dies bereits am *grünen Holze*, sprich in der Prosa geschieht, was wird erst am *dürren Holze,* der *oratio ligata,* der gebundenen Rede also, einer noch ferneren Zeit geschehen? Wie mag es dann Friedrich Hölderlin mit dem *Hyperion* ergehen, wie Christoph Martin Wieland, von Klopstock und Opitz, Grimmelshausen und Beer ganz zu schweigen!

So erweist sich für viele, die von der Geschichte abgeschnitten sind, schon das erwähnte *Gedächtnuss* als Stein des Anstoßes, als harte *Nuß* gewissermaßen. Ganz zu schweigen von der *Erkantnuß der Sund* des Heinrich von Langenstein aus dem 15. Jahrhundert,der *Erkenntnis der Sünde.*

Nun muß freilich der Eindruck zerstreut werden, daß der Philologe unsäglich am linguistischen Unverständnis und am Mangel von Sprachgefühl, dieser Fühllosigkeit der Umwelt, litte. Dazu fehlt mir jedenfalls der pädagogische Eros, dazu bin ich zu wenig *praeceptor,* also Lehrer, vielleicht auch zu sehr Liebhaber. Sicher drängt einen die Freude an der Erkenntnis sprachlicher Phänomene oft zur Mitteilung, man will auch andere daran teilnehmen lassen. Wo sich aber Widerstand regt und Desinteresse zeigt – oder auch demonstrativ zur Schau gestellt wird –, erlahmt auch bald mein missionarischer Eifer. Wer nicht will, soll es sein lassen. Freilich soll nicht Philologie studieren, wer sich der Sprache gegenüber als apathisch erweist. Es bietet auch ein gänzlich unfrommer Theologe keinen erhebenden Anblick.

Macht es also doch eine gewisse Freude, wenn man sieht, daß jemand Lehre annimmt, so wird der Lehrer den Widersachern gegenüber, die etwa den Sinn einer historischen Grammatik oder einer *diachronisch* orientierten Schreib- und Schriftkultur in Abrede stellen, durch die Schnitzer, die jenen unterlaufen, und die Böcke, die sie schießen, im Sinne der Schadenfreude entschädigt.

Matthias Lexer also, an dem kein *Schriftführer durch Kärnten* vorübergehen kann, war mehr als jeder andere mit der alten Literatur verbunden.

Doch was seine Popularität, über den engen Kreis der Germanisten hinaus, betrifft, stand es damit nicht nur in Kärnten, einem bis 1960 universitätslosen Land, sondern in ganz Österreich, wohin Lexer immer oder doch lange Zeit zurückkehren wollte, nicht gut. Österreich, das heißt die Bürokratie und übelwollende (oder zumindest nicht wohlwollende) Kollegen haben sich mit zum Teil nicht unintriganten Gutachten so lange gegen ihn gestellt, bis er in Deutschland, namentlich in Bayern, tief einwurzelte und eine Rückkehr schließlich auch nicht mehr *nötig* hatte. Fast scheint es, als hätte sich Österreich schließlich sogar dem Andenken an Lexer gegenüber unfreundlich verhalten. Es ging nach dem üblichen Paradigma zu: Man beleidigt jemanden so lange, bis er beleidigt ist – und ist schließlich darüber beleidigt, daß er beleidigt ist...

Für eine gewisse emotionale Reserve und subtile Ablehnung gegenüber dem *landflüchtigen* Lexer kann ich selbst noch als Spätzeuge dienen. Noch in meiner Studienzeit war das Verhältnis der Wiener Germanistik Lexer gegenüber ambivalent. Man hat öfters behauptet, daß ein Lesachtaler, also ein Sprecher einer altertümlichen südbairischen Mundart, von dieser seiner angestammten Mundart bei der Erstellung des Wörterbuchs

des Mittelhochdeutschen mehr profitieren hätte müssen oder können.
Doch Matthias Lexer hat sehr wohl von seinen Kärntner agrarischen und molinarischen Vorkenntnissen profitiert. Ein besonders instruktives Beispiel dafür findet sich unter dem Stichwort *kumpf-mül.* (Unter *kumpf* versteht man einzelne Bretter, die zwischen den Felgen eines Mühlrades eingefügt sind, sowie die dadurch gebildeten Zwischenräume, in denen sich das herabfallende Wasser fängt – daher auch *kumpfrad* und *kumpf-müle* im Gegensatz zum Schaufelrad, das vom Wasser nach unten getrieben wird.) Bei kaum einem Lemma erscheint soviel persönlicher Text. *Kumpf-mül* ist eine absolute Ausnahme, aber ein Zufall ist diese Ausnahme nicht. Es ist aber verwunderlich (oder auch wieder nicht?), daß die Kernwörter des Wortfeldes der Müllerei, etwa Getreide *(getregede)*, Mehl *(mel)*, Kleie *(klîe)*, Grieß *(griez)* von äußerster Kürze sind, weil das Verständliche auch das Selbstverständliche ist, während etwa schon das Wort Sack *(sac)* Raum über drei Spalten beansprucht, wobei die gewerbliche Notierung oder molinologische Konnotation, also das zentral oder auch und am Rande müllerisch zu Verstehende ungefähr die Hälfte ausmacht. Aber tatsächlich verwunderlich ist es, daß das reiche spätmittelhochdeutsche Material der Chroniken und Urkunden, das Lexer berücksichtigt hat und das seinem Wörterbuch über die klassische ästhetische Literatur hinaus seine alltagssprachliche und gebrauchssprachliche Tiefe und Fülle gibt, nicht mehr hergegeben hat, verwunderlich ist es, daß etwa der fundamentale Unterschied zwischen den beiden alten Handwerksberufen *Müller* und *Scheider,* an den ja auch die Personennamen (*Müller, Scheide*mann, *Schieder* etc.)

erinnern, nicht berücksichtigt ist. Bekanntlich ist der Beutelkasten, jener schrägangebrachte, an den *Mahlgang* anschließende Sack, durch den das Mahlgut geführt und aus dem mit einem Rüttler das feine Mehl geschlagen wird, wobei der übriggebliebene Rest, im wesentlichen Kleie, am Ende in ein Schaff fällt, eine Erfindung der frühen Neuzeit. Früher mußte händisch gesiebt werden. Das findet im *Mittelhochdeutschen Handwörterbuch* etwa seinen Ausdruck unter dem Stichwort *rîtern, swv. durch die reiter schütteln, sieben, reinigen, auslesen etc.* So ist der viel *besungene* oder beklagte Lärm der Mühlen im Mittelalter *petrigen,* um es so zu sagen, also von den Steinen (Bodenstein und Läufer) herrührend, während das Klappern der Mühlen eine im wahrsten Sinne des Wortes romantische Angelegenheit ist und sich dem erwähnten Rüttler, dem vom Wellbaum des Mühlrades her bewegten Zweischlag verdankt. Die Mühlen haben lange gerauscht, bevor sie zu klappern beginnen konnten!

Über Matthias Lexer, den Lexikographen, will ich – aus der Sicht eines spätgeborenen, aber älteren Menschen und von der Warte eines Österreichers und Neokärntners her – noch folgendes sagen:

Lexer war ein sehr strenger und *rigoroser* Lexikograph, ein konsequenter Wörterbuchmacher, wie er sich ja selbst fast ein wenig resignierend hinstellt: als ganz auf die Grammatik hin formulierender, sprachlich unambitionierter, sozusagen nüchterner und trockener Diener am Wort.

Es ist wohl nicht verwunderlich, daß Matthias Lexer unter den Umständen seines Lebens, in Anbetracht seiner Interessen und Neigungen und vor allem bei seiner Bewunderung, ja Verehrung, für Jacob Grimm, dem man sicher viel Gutes, aber kaum eine Bewunderung für das Österreichische, Habsburgische und Katholische nachsagen kann, schließlich auch seine konfessionelle Identität aufs protestantische Deutschland hin orientierte und evangelisch wurde. Sicher war er schon als Student in Graz und als Burschenschafter mit den liberalen Strömungen und der »Los von Rom-Bewegung« bekannt geworden. So wurde er zu einem Geistesverwandten etwa Peter Roseggers, der im Herzen ja auch Protestant war oder wurde, ohne für sich den Übertritt zu vollziehen.

Und mit dieser Konversion näherte sich Lexer vor allem seinem Grazer Lehrer, späteren Kollegen, Freund, schließlich Taufpaten eines seiner Kinder, Karl Weinhold, an. Weinhold schrieb in seinem Nachruf, Lexers Eltern hätten den kleinen Matthias in der Absicht studieren lassen, aus ihm *einen Herrn* zu machen. *Herr* bedeutet hier *geistlicher Herr.* Diesen Sprachgebrauch muß man heute den Jüngeren sicher erklären. Ähnlich wie man auch Lexers langjährigen Brotberuf *Hofmeister* sicher nicht nur den Schülern der Matthias-von-Lexer-Schule in Liesing erklären muß, wohl auch den *Schulmeistern* dortselbst. Das antiklerikale *Pfaffe* hat Karl Weinhold in seinem Nachruf vermieden, es wäre aber dem im *rekatholisierten* Österreich nie ganz froh gewordenen Professor sonst wohl gar nicht so schwer über die Lippen gekommen.

Pfaffe bildet übrigens auch im Kärntischen Wörterbuch ein Stichwort, was bei dem für Kärnten nicht untypischen Antiklerikalismus weiter nicht verwunderlich ist. Und so kurz das Interpretament zum Lemma *Pfaffe* auch ist, so *vielsagend* ist es. Lexer vermerkt dazu: *pfaff m. verächtlich der Geistliche, doch nur selten gebraucht; es kommt so wie Papst vom lat. papa, nicht aber wie viele Geistliche sich einbilden, aus den Anfangsbuchstaben von »pastor fidelis animarum fidelium«.*

Aufklärerisch und indigniert weist der Lexikograph die Deutung von *Pfaffe* als positives Initialwort zurück, vor allem aber die sich darin äußernde Volksetymologie, die er bezeichnenderweise den Geistlichen selbst *nachsagt,* die natürlich ein gewisses Interesse an einer honorablen Exegese und Auslegung des Wortes haben.

Noch einmal zurück zur Glosse des Lukas-Evangeliums: *kesazta inan in parnin in parnin in chripiun uuanta ni uuas imu stat in casthuse.*

In diesem Satz der Lukas-Glossen wiederholt das Barn zweimal den Futtertrog, weil Christus in diesem Satz bereits im *in* (ihn) als Personalpronomen vorgekommen ist. Das Wort *Barn* bezeichnet heute eher einen Steintrog, einen Steinbarn, während Krippe eher die *Raufe* bezeichnet, in die man das Heu steckt, ein Metallgeflecht. So gesehen gibt *Krippe* das lateinische *praesepium* genauer wieder, weil es dort auch um etwas Gezeintes oder Geflochtenes geht. Wir wissen nicht, ob der Glossator der Lukas-Glossen Schüler oder Lehrer war, wenn wir auch sagen können, daß im 8. Jahrhundert auch die Lehrer in gewisser Weise Schüler waren, die einen eigenen Weg und Zugang zur Muttersprache suchen mußten. Selbststudium stand im Lehrplan, weil das Deutsche ja erst literarisiert werden mußte. Es galt, die unkultivierte Sprache oder, im Plural: die *unbrauchbaren* Stammessprachen fähig zu machen, etwas anderes als das Gewohnte ausdrücken zu können. Kultur – nicht nur Agrikultur.

Sicher würde auch heute mancher Lateinlehrer einem Bauernkind bei der Übersetzung jener Stelle des

Lukas-Evangeliums *Barn* für *praesepium* ankreiden, vielleicht auch herausstreichen. Und überraschen würde einen in diesem Fall auch nicht, wenn man am Rande seines Aufsatzes, sozusagen als Marginalglosse, ein vorwurfsvolles *Ausdruck!* fände. Ich weiß, wovon ich spreche! Ich bin als einziger Schüler vom Land während meiner Linzer, später Welser Gymnasialzeit nicht nur einmal mit meinen Bauernwörtern aufgefallen – und auf die Nase gefallen. Und es hätte wohl auch heute keinen Sinn, dem Lehrer gegenüber auf dem *Barn* zu beharren. Vielleicht kennte der Lehrer, ein Städter, das Wort überhaupt nicht, hätte es nicht nur nicht in seinem aktiven Wortschatz, sondern auch nicht in seinem passiven, in seinem *Speicher.* Was der Bauer nicht kennt, frißt er nicht. Was der Gärtner nicht kennt, gießt er nicht. Was der Lehrer nicht kennt, liest er nicht. Bei einer Reklamation aber hätte der Herr Lehrer den Duden auf seiner Seite. Auch der neueste Duden verschweigt *Barn.* Nach *Barmixer,* dem Getränkemischer, kommt *Barnabas,* der urchristliche Missionar.

Nicht einmal der Universalduden oder das Deutsche Universalwörterbuch enthält den *Barn.* Gegen so viel Autorität stünde der reklamierende Bauernbub natürlich auf verlorenem Posten, um es militärisch zu sagen. *Krippe* würde der Herr Lehrer – wie auch der Duden – sicher kennen und gelten lassen. Dieser Ausdruck hat sich semantisch mit der Zeit nicht nur durchgesetzt, sondern auch umfangmäßig vergrößert und erweitert. Ja, er wurde übertragen auf jene Dioramen, in denen die Weihnachtsgeschichte »nachgebaut« wird. So gesehen ist die Krippe (das Kripperl) den Weg des lateinischen *praesepium* nachgegangen, das neben dem bloßen

Barn immer auch schon den Stall selbst, die Zelle, den Koben oder die *Box*, in der ein Tier gehalten wird, umschrieb.

Das Wort *Krippe* war mir von Haus aus bekannt, und ich habe es wohl schon als Volksschüler geschrieben und richtig geschrieben. Sicher falsch aber haben meine Mutter und ich einmal oder wohl leider öfter die Krankheit *Grippe*, die mich manchmal gehindert hat, der Schulpflicht Maria Theresias nachzukommen, geschrieben. *Mein Sohn Alois hat die Krippe gehabt und konnte deshalb am 14. April die Schule leider nicht besuchen.* Da haben wir natürlich wirklich einen Bock geschossen, meine Mutter und ich. War *Krippe* für den *grippalen Infekt* auch falsch, so hat es doch Methode: In meiner mittelbairischen Mundart galt die sogenannte Anlauterweichung. Wir kannten absolut keine harten p, t, k im Anlaut. Der Peter heißt bei uns Beda, der Tod heißt Deod und *klauben* heißt *glauben.* Ich erinnere mich an die böse Scherzfrage: Was ist beim G(K)lauben das Höchste? Antwort: Der Arsch. Und so unterliefen uns verständlicherweise viele hyperkorrekte Formen, weil wir Wörter mit einem Lindlaut im Anlaut nun vermeintlich richtigstellten, indem wir sie mit einem harten oder starken Laut versahen. Wenn *Beda* als *Peter* geschrieben wird, dann muß es statt mundartlichem *bam* wohl *Paum* heißen, eben *Klaube,* Hoffnung und Liebe, und *Tepp* statt *Depp.* So bekamen wir eben auch die *Krippe* statt der *Grippe,* und das nicht nur zur Weihnachtszeit. Wer sich mit historischer Grammatik befaßt, wird natürlich überhaupt nachsichtig mit Verschreibungen. Hier ist nun sicher auch der Ort, um einzugestehen, daß ich lange Zeit gemeint habe, es müsse wohl *Krammatik* geschrieben werden. Verständlich, wenn auch nicht verständig. Wer einmal der Nachsicht bedurfte, wird selbst milde und nachsichtig. Es gibt freilich auch das Umgekehrte, daß der Sünder besonders streng und unnachsichtig gegen andere wird und ihnen nicht nachsehen und verzeihen kann, was er früher selbst beging und *verschrieb.*

Der Glossator der Lukas-Glossen wird mit der Synonymie *Barn – Krippe* der alten Schulforderung nach Variation genügt haben. Denn schon immer versuchte man, mit der Abwechslung wenigstens des Ausdrucks der Einförmigkeit des Lebens zu begegnen. Die Buchstaben mußten immer gleich und gleich schön geschrieben werden, die Wörter aber sollten sich möglichst nicht ständig wiederholen. Neuer Wein in alten Schläuchen.

Das »Schönschreiben« galt in meiner Volksschulzeit, auch über tausend Jahre nach den Lukas-Glossen, nicht nur als das Formideal, sondern auch als Leitlinie für den Inhalt. Inhalt, Rechtschreibung und Form waren jene drei Kriterien, nach denen gesondert beurteilt und benotet wurde. Man konnte also auf einem Gebiet gut, ja ein Spezialist sein und auf dem anderen ein Stümper. Inhaltlich gesehen mußte also ebenfalls *schön* geschrieben werden, und das hieß vor allem abwechslungsreich und bildhaft. Schreiben war vor allem *Um*schreiben. Wer einen Sachverhalt oder einen Phantasiegehalt so auszudrücken verstand, wie man es nicht erwarten konnte, war Meter (Maître). Man orientierte sich an der Poesie, einer bestimmten Poesie des gefälligen, eher kostbaren als trivialen Ausdrucks. Hoch im Kurs standen darum nicht nur die Bilder und die *Blumen* des Redeschmucks, sondern vor allem die Eigenschaftswörter in den Beifügungen, lateinisch gesprochen *Attributen,* griechisch: *Epitheta.* Man war aufgerufen *beizufügen.* Immer wieder hieß es etwa von einem Hauptwort, es könnte eine Beifügung vertragen... Von den Volksschullehrern und vor allem -lehrerinnen hatte auch jeder und jede seinen oder ihren eigenen Geschmack, Vorlieben oder Aversionen, auf die man sich einzustellen hatte. Ganz generell aber war die Erwartung in Beifügungen wie auch in die Abwechslung. Am Gymnasium hieß es *variatio delectat,* gegolten hat dieser Grundsatz aber bereits in der Elementar- oder Fundamentalschule, welche Volksschule heißt. Und in der Bürgerschule, der späteren Hauptschule, war es nicht anders. Wer drei Sätze hintereinander mit *Mein Vater* begann, mußte mit roten Fehlerzeichen, mindestens mit Unterschlängelungen und einem mit Rufzeichen versehenen *Ausdruck!* rechnen.

Es war also nicht günstig, den Aufsatz *Als ich meinen Vater einmal begleiten durfte* so zu beginnen: *Mein Vater ist Jäger. Mein Vater hat mich am Samstag auf die Jagd mitgenommen. Mein Vater hat einen Hasen geschossen.*

Besser war es, den Aufsatz so beginnen zu lassen: *Mein lieber Vater, welcher ein begeisterter Jäger ist, ließ mich am vergangenen Samstag auf die Pirsch mitgehen. Dort ist von ihm ein Häschen erschossen worden...* Oder statt *erschossen worden: zur Strecke gebracht worden,* was deutlich freundlicher klingt.

Ich habe mir schließlich auch den Unterschied von *Krippe* und *Grippe* bewußt gemacht und mir die richtige Schreibung der Krankheit als *Grippe* angewöhnt, angequält, unter Schmerzen, wie es sich bei einem Krankheitsnamen versteht. Meine Mutter ist mir hierin aber nicht mehr gefolgt. Für sie war und blieb

Krippe ein Homograph, ein sogenannter semantischer Homograph mit den beiden Bedeutungen *Barn* und *Krankheit.* Und diese Schreibung hat sie auch in meinen Entschuldigungen durchgesetzt. Am Schluß war mir ihr *krankhaftes* Festhalten am Morbus *Krippe*, für den grippalen Infekt, schon ein wenig peinlich, und ich habe mich meiner Herkunft auch wohl ein bißchen geschämt. Das war freilich erst später am Welser Gymnasium der Fall, als ich in eine Klasse von Schülern geriet, die alle von bekannten Welser Ärzten, Professoren, Akademikern und Geschäftsleuten abstammten. Ich war der einzige Schüler vom Land, ein Fahrschüler, der bereits am frühen Morgen mit dem Arbeiterbus zur Stadt fahren mußte, auch wenn, wie jede zweite Woche, die Schule erst zu Mittag begann. In diesen Wochen war ich von sieben Uhr morgens bis sieben Uhr abends von zu Hause fort. Genaugenommen gab es noch einen zweiten Nichtwelser in unserer Klasse. Der kam aber aus dem nahen Thalheim, das wie eine Vorstadt von Wels wirkt. Alle sechs Jahre meiner Welser Gymnasialzeit teilte ich mit diesem zweiten *Landler* aus Thalheim die Schulbank – und es war meistens die vorderste. Wir verstanden uns *prima,* schülersprachlich gesagt. Er war Halbwaise und bewohnte mit seiner Mutter und einer Schwester eine Art Turbinenhaus einer Ziegelei am Eiterbach. Seiner Mutter und seine Aufgabe war es, die Schleuse zu bedienen. Dafür wohnten sie *gratis,* lateinisch gesagt, das deutsche *umsonst* wäre irreführend. So hatten wir als Landkinder nicht nur sozial manche Gemeinsamkeit, sondern auch das uns beide betreffende Thema Wasser und Turbine, da ich aus einer Mühle stamme. Im übrigen wurde er wohl von seiner Mutter sehr geliebt, war aber nicht ganz so behütet wie ich. Darum erlebte er bereits in der Pubertät manches von dem, wonach ich mich in Sehnsucht bloß verzehrte. Mit Staunen – wenn auch nicht mit reiner Bewunderung – hörte ich ihn von sogenannten Eroberungen erzählen. So fuhr er von zu Hause immer schon etwas früher mit seinem Rad weg, um unterwegs noch dem Dienstmädchen einer reichen Familie seine *Aufwartung* zu machen, was immer man darunter verstehen mußte. Es erzählten aber auch unverdächtige Zeugen manchmal, daß sie sein Fahrrad in den Traunauen irgendwo an einem Baum lehnen gesehen hätten. Man wird doch auch einmal eine Rast einlegen dürfen, sagte der Mitschüler später lachend, wenn er darauf angesprochen wurde. So war meinem Freund, der mir in manchem ähnlich und in manchem – wie etwa meiner Schüchternheit – ganz unähnlich war und mit dem ich mich all die Jahre ausgezeichnet vertrug – ich erinnere mich an keinen einzigen ernsthaften Streit –, *amor amoris,* maskulinum, nicht ganz unvertraut, obwohl er an Latein keine besondere Freude hatte und ich ihm manchmal hierin etwas behilflich war. Sagen wir: Latein war nicht sein Lieblingsfach. Dafür war er mir in Mathematik nicht nur ebenbürtig, sondern meist über, was auch wieder kein Kunststück war... *Ebenbürtig*, welch feudales Wort. Eine Ebenbürtige konnte der Adelige heiraten, mit einem Ebenbürtigen, einem Satisfaktionsfähigen, konnte sich der Aristokrat duellieren. Mein Schulfreund und ich waren auf einem niedrigeren Niveau ebenbürtig, beide nicht das, was man *wohlgeboren* nennt. So hatten sicher, auf die Mädchen hin gesehen, auch andere Mitschüler vergleichbare Erfahrungen wie er, nur eben nicht mit den Dienstmädchen der noblen

Familien, wie mein Freund, sondern mit den höheren Töchtern selbst. Da lagen Welten dazwischen. Jene also *solche* Erfahrungen, er, mein Freund, *solche* – und ich *keine.* Ich erinnere mich, daß ich oft vor Beginn der Schule am Fenster unserer Klasse im zweiten Stock stand und auf die Mädchen, die Vormittagsunterricht gehabt hatten (gemischte Klassen gab es damals nicht), hinuntersah, wie sie das Schulgebäude verließen. Genaugenommen wartete ich auf ein bestimmtes Mädchen, das ich *platonisch*, wie es sich für einen Humanisten vielleicht gehörte, verehrte. Sah jenes Mädchen aber zu meinem Fenster herauf, so hatte ich nicht den Mut, etwa zu winken, sondern zog mich wie ertappt vom Fenster zurück. Schmach des Schmachtens!

In manch anderem bildeten mein Sitznachbar und ich aber gemäß der Mengenlehre, die freilich nicht im Lehrplan stand, eine Schnittmenge mit vielen gleichen Eigenschaften. Ein Bauernkind erkannte man von weitem an der Kleidung, der Kopfbedeckung und den Schuhen. Obwohl damals auch die Kinder der Vermögenderen noch nicht jenen absurden Markenehrgeiz besaßen, den heute schon die von der Sprachsoziologie so bezeichneten *Unterschichtkinder* (oder nur noch sie?) besitzen. Als jüngstes Kind war man zudem, wie erwähnt, der geborene Nachträger, Wiederverwerter und Wiederverwender, der naturgegebene Secondhandfreak. Aber eben auch dies nicht im Sinne jener heutigen Dritteweltladensnobs oder der ihre Abgerissenheit zur Schau stellenden Bluejeanisten. Wir waren, sine ira et studio gesagt, ohne Verachtung und ohne Berühmung, einfach bloß *ärmlich,* auf eine ganz natürliche Weise *arm.* Als ich schließlich einmal der Post mit ihrem unmenschlichen Fahrplan entkommen wollte und die fünf Kilometer zur Bahn nach Schallerbach zu Fuß ging, anfangs auf der Schotterstraße, das letzte Stück von der Ortschaft Holzhäuseln aber querfeldein über den Schallerbacher Berg, bekam ich so viel Erde und Lehm (wir sagten *Kot* für Erde) an die Schuhe, daß mich schon der Schaffner in der Bahn blöd anredete und ich mich daraufhin kaum noch in die Schule traute, wo ich mich vor der Beanstandung durch den Schulwart fürchtete.

Eine solche Beanstandung ist mir übrigens zehn Jahre später auch einmal widerfahren, als ich im Rahmen des sogenannten Schulpraktikums im letzten Semester meines Lehramtsstudiums an der Universität Wien zusammen mit Schülern das Gymnasium in der Berggasse betrat, um dort zu *hospitieren.* Ein zerberusartig strenger Pedell zeigte gebieterisch auf die große Fußdacke, die ich nicht benützt hatte. Ich trat einige Schritte zurück und kam beschämt der Aufforderung nach. Später sah mich der Pedell aber im Konferenzzimmer bei den Lehrern. Und es war ihm *schrecklich peinlich.* Ich verzieh ihm aber, weil ich nicht nur von ihm für fünf Jahre jünger gehalten wurde, als ich tatsächlich war.

Wie in der Schule, saß und sitze ich auch in der Kirche immer in den vorderen Bänken. Es geht aber jeder falsch in der Annahme, ich würde mich in der Kirche wie der Pharisäer vorne hinstellen oder setzen, um gesehen zu werden. Nein, ich sitze vorne, um nicht sehen zu müssen, wie leer die Kirche ist. *Instinktiv* halte ich mich auch an die alte Einteilung, daß links die Frauen und rechts die Männer sitzen. Früher hatten ja selbst die Beichtstühle eine geschlechtliche Ausrichtung. In Weiz in der Oststeiermark sah ich einmal bei einem Kirchenbesuch über der linken Tür eines Beichtstuhles in einer schön geschwungenen spätbarocken Bastardschrift ein unübersehbares WEIBERSEITE angeschrieben. Eine solche Aufschrift verstößt natürlich heute gleich mehrfach gegen das Zeitgemäße. Ein obsoletes Wort in einer obsoleten Schrift aus einer obsoleten Welt? Das Falsche schön geschrieben? Buben saßen natürlich anfangs mit ihren Müttern auch auf der *Weiberseite.* Und es war ebenfalls ein Zeichen des Erwachsengewordenseins, wenn sie sich schließlich auf ihre Seite besannen und zu den Männern hinüberwechselten.

Die Schule war für mich immer – ohne daß ich bösen Willen bei Lehrern erlebt hätte – ein Ort des Fürchtens und der Verzagtheit, die Angst hat mich von Anfang an begleitet. Dabei hatte ich nicht nur Angst vor den mehr oder minder boshaften, sicher nicht bösartigen Neckereien der Mitschüler, ich hatte auch Angst für andere um andere. So tat mir der Religionslehrer, ein älterer Geistlicher, ein Spätberufener, der im Ersten Weltkrieg ein höherer Militär gewesen war, immer leid, wenn er verspottet wurde – was sich in unserer Klasse in Grenzen hielt. In anderen Klassen gestaltete sich der Unterricht wohl zu einer Art Martyrium für den Religiosus. Und obwohl ich in meiner Heimatpfarre Ministrant war, keinen Sonntag und keinen Feiertag ohne Kirchenbesuch verstreichen ließ, an vielen Gebetsstunden, vor allem Totenwachen teilnahm, ging ich später zu keinem Schulgottesdienst in der Welser Vorstadtpfarre mehr, nachdem ich dort einmal das für mich völlig inakzeptable Benehmen der Schüler, die in den Kirchenbänken rempelten und sich eher wie auf dem Fußballplatz aufführten, erlebt hatte. Und ich will auch heute von meinen Söhnen nicht hören und erzählt bekommen, wie sich wieder einige beim Eröffnungsgottesdienst aufgeführt haben. Schade um die vertanen Gelegenheiten, sich zu sammeln, ruhig zu werden, die Heiligkeit des Sakraments zu erleben, der allgegenwärtigen Banalität zu entfliehen... All das vergönnen jene Störenfriede weder sich noch anderen, denen sie die Andachtsfreude verderben und vergällen. Es gibt viele religiöse und auch *praktische* Gründe für gutes Benehmen in der Kirche! Das gälte meiner Ansicht nach nicht nur für das Kirchen*besuchen*, sondern auch für das Kirche*besichtigen*. Ich würde, wäre ich *Rektor* einer wertvollen Kirche, von den Besuchern weniger Eintrittsgeld verlangen, als vielmehr eine Aufnahme- oder Einlaßprüfung. Wer die Kirche betritt, müßte etwa bei einem Ostiarier die Kenntnis jener fünf Gebete der Christenheit, die im *Weißenburger Katechismus* aus dem 9. Jahrhundert zusammengefaßt sind, nachweisen. Ob einer nun das Athanasianische, das Apostolische oder das Niceno-Constantinopolitanische Credo oder Symbolum aufsagen oder beten möchte, würde ich dahingestellt sein lassen. Aber so ganz ohne Anstrengung sollte man ein Gotteshaus nicht betreten dürfen.

MÄNNERSEITE, WEIBERSEITE – diese Division in genetische oder sexuelle Sektoren galt damals als verbindlich. So sehr die Kirche Ehe und Familie als absolute Werte verkündete, in der Kirche saßen die Familien getrennt, hier galt keine Familienzusammenführung. Männerseite, Weiberseite, tertium non datur, ein drittes gab es nicht und durfte es nicht geben. Nachdem noch mir, keinem modernen Menschen, aber immerhin einem Menschen des 20. Jahrhunderts, jene Orientierung einprogrammiert ist und ich durchaus zu jenen gehöre, die meinen, rechts und links könne man nicht verwechseln (*lechts* und *rinks* könne man nicht *velwechsern,* wie es im Gedicht *lichtung* von Ernst Jandl heißt), wie muß dann erst dem Ulrich von Lichtenstein im 13. Jahrhundert bewußt und gegenwärtig gewesen sein, daß er in seinem Roman *Frauendienst* die alte Ordnung gehörig durcheinanderbringt, wenn er sich (in der Fiktionalität und Erfindung seines Werkes) auf der sogenannten Venusfahrt als Venus verkleidet bei einer Messe in Treviso unter die Frauen setzt. Es ist an und für sich gar nicht so selbstverständlich, daß es damals überhaupt Frauen – oder wie man sagte: *Weiber* – und eine Frauenseite in der Kirche gegeben hat, weil Frauen die Kirche ursprünglich nicht besuchten oder besuchen mußten. Der Gottesdienst wurde im frühen Mittelalter nicht nur von Männern geleitet, sondern auch ausschließlich von Männern besucht. Das Christentum glich in diesem Punkt am Anfang noch stärker den beiden anderen monotheistischen Religionen. Die Männer gingen zum Gebet und brachten den Segen aus den Gotteshäusern in die Wohnhäuser und Familien. Die Sonntage mehren sich leider, an denen in meinem Hauswesen dieser frühchristliche Brauch wieder auflebt…

Es nimmt wunder, daß kein Kleriker Ulrich von Lichtenstein als Frau Venus – diesen Transvestiten –, als er von Mestre herauf nach Friaul und Kärnten ziehend in Treviso die Messe besucht, an der Kirchenpforte zurückweist und ihm den Eintritt verwehrt. Aber begrüßt Ulrich nicht später in Tor, also in Thörl-Maglern, der Herzog von Kärnten mit *Buge waz primi, gralva Venus,* was, davon abgesehen, daß es sich um einen slowenischen Gruß handelt, auch insofern merkwürdig ist, daß Gott, der *eine* Gott des Christentums *(buge)* mit der *gralva Venus* in eine einzige Grußformel gespannt wird, was doch eigentlich als ärgerlich hätte empfunden werden müssen, stellt es doch einen intolerablen Fall von Interkulturalität dar – »got wilkom, künegîn Venus« wurde er schon früher von Frauen begrüßt! Nicht: »Gott mit Euch, Frau Venus!« liest man sonst und für gewöhnlich, sondern eher: »Daß dich Gott schänd, Frau Venus!« Ulrich also betritt als Frau Venus die Kirche, und er vergißt nicht zu erwähnen, daß sich seine Sitznachbarin bei der Pax, dem Friedenskuß also, über jenen Kuß, den Kuß eines doch unrasierten oder schlecht rasierten Mannes wundert. Die Frauen auf der linken Seite merken, daß da etwas nicht mit rechten Dingen zugeht…

Gelachet wart des da genuoc, heißt es bei Ulrich. Die Gräfin, der Ulrich den Friedenskuß gibt, hatte ihn davor aufgefordert, den Schleier, mit dem er sich bedeckt hielt, abzunehmen, *damit ich von deinem Kuß auch etwas habe,* frei übersetzt. Und nachdem sie erkannt hat, daß es sich bei Ulrich um einen Mann handelt (was sie eigentlich schon vermutet oder gewußt hat), will sie auf den Kuß, der nun freilich einen anderen Charakter bekommt, doch nicht verzichten: *der kus sol doch geschehen. Als sie die Pax von mir empfing, und als der süße Kuß gegeben war, wurde ich ganz glücklich. Denn Frauen zu küssen ist herrlich. Das wissen alle, die jemals Frauen geküßt haben, daß es nichts Vergleichbares gibt mit einem Frauenkuß der edlen Art.* Und damit ist noch nicht Schluß mit dieser Kußphilosophie an eher unpassender Stelle. Ulrich, die Küsserkönigin.

Mein Sitznachbar, von dem vor den Kirchen- und Ulrich-von-Lichtenstein-Exkursen die Rede war, hat es, wie man früher gesagt hätte, *zu etwas gebracht.* Wie viele Unterschichtkinder und wie ich auch hat er sich besonders angestrengt, um der Herkunft zu entkommen. Und es ist ihm gründlich gelungen. Er hat dies gewissermaßen im Flug erledigt, mit fliegenden Fahnen. Er wurde Militärpilot und schließlich Fluglehrer der Hubschrauberstaffel des Bundesheeres in Hörsching und Zeltweg! Einmal landete er mit dreißig jungen Soldaten und einem großen Transporthubschrauber von Zeltweg her auf dem Landeplatz der Klagenfurter Kaserne in Lendorf, Landung in Lend. Er besuchte mich und lud mich zu einer Besichtigung seines »Fluggerätes« ein. Ich gratulierte ihm mit ehrlichem Respekt zu seiner Karriere, die ja eigentlich eine *Volière*, also eine Flugkarriere war, und hörte mit großem Staunen seine Erzählungen von kniffligen Katastropheneinsätzen, die er auch in den Kärntner Bergen geflogen ist.

Wie weit er es gebracht hatte oder wie hoch er hinausgekommen war, mein Freund, der Sohn aus schlichtem Haus, der Halbwaise, konnte ich, der Literatur- und Lektüregelehrte, daran ablesen, daß er ausgewählt worden war, den Heiligen Vater bei seinem ersten Besuch in Österreich zu fliegen. Das sei natürlich ein besonderes *Fluggefühl* gewesen, sagte er. »Wie bist du überhaupt zur Fliegerei gekommen?« fragte ich ihn, »wo dir doch – wie du dich sicher auch erinnerst – bei Schulausflügen manchmal im Autobus schlecht geworden ist und wir deinetwegen einmal anhalten mußten?« – »No problem«, lachte er. Und spaßeshalber fragte ich ihn auch, wie es denn jetzt mit seinen

Lateinkenntnissen stehe. Da sagte er, mit dem Papst habe er nicht Latein, sondern deutsch gesprochen, und im übrigen fragte er zurück, ob ich denn Latein für die Verkehrssprache der Flughäfen hielte und ob ich vielleicht der Meinung sei, daß die Knöpfe in seiner Maschine lateinisch beschriftet seien? »Englisch«, sagte ich, »ist doch eh wie Latein.« INFERIOR SUPERIOR MEDIUM, das sei doch Jacke wie Hose, Latein wie Englisch, sagte ich. Und auch für den Bordfunk eigne sich das Lateinische bestens.

Als ich sein Angebot, einmal mitzufliegen, ausschlug und ihm sagte, daß ich in meinem Leben noch nie geflogen sei, hielt er das für den Witz eines Humoristen. »Das kann und darf nicht wahr sein«, sagte er. Ich aber sagte: »Vere, dignum et iustum est aequum et salutare...« *In Wahrheit ist es würdig und recht, billig und heilsam...*

Daß wir diesen liturgischen Text vor dem *Sanctus* einmal nach alter Pennälermanier anders übersetzt haben, daran konnte er sich sicher nicht mehr erinnern, wo doch sein *Speicher* voll von Aviation war: *Im Frühling (vere) ist es würdig und recht, auch ein Pferd (equum) zu grüßen (salutare)...* Wie war ich nun neulich überrascht, als auch mein Sohn, der das zweite Jahr Latein lernt, mit dieser Juxübersetzung von der Schule nach Hause kam, weil ich daran Tradition ablas, wenn auch nur im Peripheren. Jener Spaß beruht auf der Verwechslung von *aequus* und *equus*. Über diese Verwechslung scheint sich schon der große Mönchslehrer Alkuin um das Jahr 790 geärgert zu haben. Bezeichnenderweise beginnt er seine große Schrift *De orthographia* mit folgendem Satz: »*Aeternus* (ewig), *aetas* (Alter, Zeitalter), *aevum* (Ewigkeit) mit den beiden u (bzw. v), *aequitas* (Gleichmut), *aequus,* das *gerecht* bedeutet, alle diese Wörter muß man mit dem Zwielaut ae schreiben; *equus,* wenn es das Pferd bedeutet, mit einem einfachen e.« Nun könnte vielleicht auch der lateinische Wortlaut dieser Laut- oder Buchstabenlehre angenehm sein? *Aeternus, aetas, aevum per duo u, aequitas, aequus id est iustus, haec omnia per ae diphthongon scribenda sunt; equus, si animal significat, per simplicem e.* Es müssen also schon damals die Lateinschüler ihre Not mit den beiden e (ae und e) gehabt und auch ihre Späße damit getrieben haben! Und Alkuin hat es ihnen verwiesen! Was aber haben die *Pferd-* und *gerecht*-Verwechsler *(aequus* und *equus)* anderes getan, als jene beiden Wörter fälschlich für Homographen zu halten, wie meine Mutter irrtümlich *Krippe* für ein Homonym gehalten hat, für die *Stallkrippe* und die *Krankheitsgrippe.* So kann man sich nach Jahrhunderten täuschen.

In jener schülersprachlichen Übersetzung des *Vere dignum et iustum est aequum et salutare* wird nicht nur mit dem ähnlichen Klang von *aequus* und *equus* gespielt, es werden auch noch andere, wirkliche Homonyme mißverstanden, *vere,* als käme es nicht von *verus, wahr,* sondern von *ver, veris, der Frühling,* und *salutare,* als wäre es nicht die neutrale Form von *salutaris* (zu *salus, Heil*), also *heilsam,* sondern der Infinitiv *salutare* – *grüßen.*

Ähnlichen Gymnasiastenulk mögen sie durchaus auch schon an der sogenannten »Akademie« Karls des Großen in Aachen getrieben haben, wo man doch weiß, daß die hohen Herrn durchaus zu Späßen aufgelegt waren. Bekanntlich haben sie sich lateinische Namen gegeben, die sicher nicht nur uns ein wenig komisch vorkommen. Alkuin von York selbst gab seinem Kaiser

Karl den Namen *Neuer David.* Die Frauen aber an Karls Hofakademie, wie man ein wenig hochgestochen jenen Kreis heute nennt, bezeichnete er als *gekrönte Tauben.* So hat es an Ironie, Spott und Sarkasmus in jenem Zirkel nicht gefehlt. Wollte Alkuin, indem er Karl als David nominierte, die Peinlichkeit umgehen, daß *Carolus* im Vulgärlatein den *Sautrog* bezeichnet? *Carolus* – ein prekärer Homograph. Ich weiß es, weil wir uns schon als Primaner im Kollegium Petrinum damit *pflanzten,* um einen Seminarausdruck (von *semen,* der *Same*) zu verwenden. Je nachdem, ob man die erste oder die zweite Silbe von *Carolus* betonte, sagte man *Karl* oder *Sautrog* (von *caro, carnis, das Fleisch*). Die Schule, das *Bischöfliche Knabenseminar,* hieß übrigens *Petrinum* und nicht *Petrinium,* wie die Leute, die es nicht besser wußten, sagten.

In der Volksschule brachte einmal der Alois Straßer, Sohn des *unteren Moosleitner,* eine Entschuldigung in die Schule, die unserem Herrn Lehrer Karl Eckstein offenbar sehr zu denken gab, denn er sah sie lange an. Dann sagte er, er habe hier eine Entschuldigung, die zeige, daß auch ganz einfache Bauersleute ganz schwierige Wörter richtig schreiben können. In dieser Entschuldigung werde nämlich als Grund für das Fernbleiben vom Unterricht die Krankheit *Katarrh* angegeben und dieses *Katarrh* ganz richtig geschrieben. Und der Lehrer schrieb das komplizierte Wort an die Tafel, damit wir uns alle das seltsame Schriftbild einprägen. Mir war sofort klar, daß meine Mutter dieses Wort niemals richtig hätte schreiben können, und ich beneidete den Straßer Lois um seine Mutter und um das Lob, das Herr Eckstein ihr und damit auch ihm gezollt hatte. Die untere Moosleitnerin schrieb den Katarrh richtig und meine

Mutter schrieb *Krippe*! Hätte aber ich den *Katarrh* bekommen, dann würde sie kaum den richtigen Fachausdruck verwendet haben, der in der Mundart aber immerhin auch vorkam, sondern das viel urtümlichere Mundartwort *Strauka*. Und hätte sie mit der Transkription von *Strauka* in die Schriftsprache Probleme gehabt, so hätte sie sicher gesagt: »Alois, ich weiß nicht, wie man *Strauka* schreiben muß, ich schreib einfach *Krippe*. Dem Lehrer ist es sicher eh gleichgültig, was du gehabt hast.« Ja, Mutter.

Katarrh, nach dem r ein stummes h, wo gibt es denn so was? Im Griechischen! Alkuin von York hat wie ein zorniger Pauker für die Aspirierung der aus dem Griechischen kommenden r (ρ, rho) und th (ϑ, theta) im Gegensatz zum t (τ, Tau), dem nicht aspirierten t (von δ, Delta, also d, ganz zu schweigen), gekämpft. Karl Eckstein hat so gesehen die Ernte dieser Mühe in der Entschuldigung der unteren Moosleitnerin dankbar eingebracht. Alkuin beginnt den Buchstaben R in seiner alphabetisch angeordneten *Orthographie* so:

Reliquiae ist mit q zu schreiben und einem l, wenn auch Vergil in dichterischer Freiheit gesagt hat *relliquiae Danaum* (»die Hinterlassenschaft der Griechen« – das Trojanische Pferd!). Es heißt *radius,* maskulinum, und nicht *radium,* neutrum. Und so fort. Und dann ganz lapidar: *Rhythmus graece, latine modulatio.* Wir könnten übersetzen: »Dem griechischen *Rhythmus* entspricht lateinisch *modulatio*.« Es hat lange gedauert, bis ich mich an die Schreibung von *Rhythmus* gewöhnt habe. Nun aber habe ich sie *drauf* oder im *Speicher*, und so will ich auch bei meiner Orthographie bleiben, was immer sich demnächst die Rechtschreibreformer einbilden werden. Ich nehme an, daß sie gerne *Rüttmus* hätten. Den Gefallen werde ich ihnen nicht tun. Lieber folge ich Magister Albinus, also Alkuin von York, als dem Leiter der Duden-Redaktion. Ich fühle mich der Tradition verpflichtet.

Rhythmus graece, latine *modulatio.* Wer heute einen hochgebildeten Griechen nach der Aussprache des – wohlgemerkt – altgriechischen *rhythmos* fragt, der wird zweimal fragen oder öfter hinhören müssen, weil er anfangs glauben wird, er habe sich verhört. Wen aber sollen wir fragen nach dem Griechischen, wenn nicht einen gebürtigen Athener, der im Zentrum des Hellenismus ein Gymnasium besuchte, an dem die Schüler wöchentlich acht Stunden (!) in Altgriechisch und zwei in Neugriechisch unterrichtet wurden! Er muß es wissen. Oder sollen wir Schmalspurgräzisten mit unserer auf Erasmus von Rotterdam zurückgehenden Aussprache des Griechischen die Griechen korrigieren? Mir persönlich ist an der Aussprache des Altgriechischen durch *Neugriechen* besonders unsympathisch, daß sie den Laut, der dem *th* in *Rhythmus* entspricht, so aussprechen wie die Engländer ihr *th* (in *this*) oder die Spanier ihr *c* (in *Barcelona*). Dieser Laut hat mir aussprachemäßig aber schon im Gotischen Schwierigkeiten gemacht, im Gotischen, das für jenen als *postdentalen Spiranten* bezeichneten Reibelaut bekanntlich als Schriftzeichen oder Graphem die Rune Ψ verwendet hat.

Im internationalen phonetischen Alphabet wird er so wiedergegeben: θ bzw. ð. Wie gesagt bin ich an diesem Laut schon im Englischen gescheitert. Da unser Englischlehrer die *pronunciation* dieses Konsonanten aber so ernst und wichtig nahm, begann ich alsbald jene Wörter zu fürchten, die ein *th* enthielten, vor allem im Auslaut wie etwa *with.* Und hatte ich englisch zu konversieren, was sehr mühsam war, so bin ich th-Wörtern nach Möglichkeit ausgewichen. Ich verfuhr ähnlich wie Stotterer, die bekanntlich auch eine Technik entwickeln, um den besonders angstbesetzten Konsonanten oder Vokalen aus dem Weg zu gehen. Man muß nicht *Klavier,* man kann auch *Flügel* sagen. Wie habe ich darum die Hauptschüler im Autobus beneidet, deren Lehrer es mit der Aussprache nicht so genau nahmen. Wenn sich ein Hauptschüler englisch bedankt hat, dann hat das *senk ju* geheißen, und damit basta. Okay.

Als ich während des dritten Schuljahres, kurz vor Weihnachten, das Humanistische Gymnasium am Kollegium Petrinum verlassen mußte und an das Bundesrealgymnasium nach Wels kam, entkam ich damit zwar dem Altgriechischen, mußte aber nun Englisch nicht nur lernen, sondern auch *nach*lernen. Ordentlich gelernt habe ich es nicht. Heute korrigiert mich bereits mein jüngerer Sohn, der die erste Klasse des Gymnasiums besucht und unbekümmert englisch parliert. So sind, sage ich zu ihm, die Jugendsendungen zwar *wertlos,* aber doch nicht unnütz, zum Englischlernen wenigstens brauchbar.

Englisch lernt man in London, Griechisch in Athen. Der verstorbene Thomas Pluch hat in einem seiner Filme über seine Heimat Kärnten eine vielsagende Szene eingebaut: Dort kommen Kärntner Slowenen nach Laibach und sind erstaunt über das Slowenisch, das sie hören! »Die sprechen aber merkwürdig hier in Ljubljana«, sagt einer zum anderen... Pluch selbst ist nun sicher ganz unverdächtig, das als Spott über das Kärntner Slowenische gemeint zu haben, oder über das Windische, das manche als eine Misch- oder

Kreolsprache, andere als eine slowenische Mundart bezeichnen. Ein an sich nicht zu entscheidender Streit, es sei denn, man wendet statistische Verfahren an und zählt die Wörter nach ihrer Herkunft. Ich selbst trauere der Zeit nach, als Deutschkärntner und Slowenen in den Kirchen lateinische Ämter gesungen und gehört haben. Das Lateinische hat auch die Hitzköpfe auf beiden Seiten etwas abgekühlt. Latein ist ernüchternd.

Seit langem suche ich, wenn auch nicht ganz systematisch, nach einer Geschichte, die ich in meiner Kindheit, wahrscheinlich in einem jener damals üblichen, nun (leider) außer Gebrauch gekommenen Lesebücher gelesen haben muß. Da ich sie nicht finden kann, werde ich sie demnächst selbst aus der Erinnerung heraus aufschreiben. Nachdichtung! Es beginnt damit, daß ein Großvater für den Enkel etwas aufschreibt. Er schildert die Weihnachtserlebnisse seiner Kindheit, ähnlich wie Theodor Fontane in *Meine Kinderjahre* über seine Weihnachten schreibt. Er, der Großvater, kann es nun aber nicht so wie Fontane, obwohl bei den Beanstandungen des Enkels am großväterlichen Text Fontane als das unerreichte stilistische Vorbild keine Rolle spielt. Der Großvater hat in den Augen des Kindes viele Fehler gemacht. Das sieht jedes Kind! Der Enkel zählt die Fehler der Seite zusammen und kommt auf fünfzehn! Damit ist der Großvater weit jenseits jener Grenze, für die der Enkel in der Schule noch eine gute, ja überhaupt nur eine positive Beurteilung bekäme. »Für diesen Aufsatz«, sagt der Enkel, »würdest du bei unserem Lehrer einen Fünfer kriegen.« Der Großvater ist aber, wie es sich traditionsgemäß für einen abgeklärten weisen Mann gehört, nachsichtig mit der Unnachsichtigkeit des Enkels. Ja, er sagt, leider sei es mit den fünfzehn Fehlern noch nicht getan, er müsse fürchten, daß sich die Zahl noch erhöht, wenn der Bub auch die Rückseite, die er ganz übersehen und unberücksichtigt gelassen hatte, berücksichtigt und deren Fehler dazuzählt. Da dreht das Kind die Seite um und liest den letzten Satz. Auf die Rückseite aber hat der Großvater geschrieben, daß er dem Enkel zu den bevorstehenden Weihnachten genau das schenken werde, was der sich schon so lange und so sehnlich wünscht! Es könnte ein Schlitten gewesen sein. Möchte man die Geschichte modernisieren, so müßte man die Rodel durch einen Computer der neuesten Generation ersetzen. Und vielleicht würde der heutige Enkel dem Großvater auch raten oder versprechen, mit einem Rechtschreibprogramm über den fehlerhaften Text einmal *drüberzufahren* und so die Verschreiber auszumerzen.

In der Geschichte meiner Erinnerung aber ist dem Kind seine voreilige Strenge angesichts der Milde und Mildtätigkeit des Großvaters recht peinlich, und der Enkel bedankt sich bei ihm, wie das die artigen Kinder früher in den Lesebüchern getan haben. Die Moral der Geschichte besteht in der *Grammatik des Herzens.*

Eine unvergeßliche Lektion in aristokratischer Souveränität, was Rechtschreiben betraf, empfing ich durch Ludwig von Ficker. In seinen *Erinnerungen an Georg Trakl* zitiert Ficker jenen Brief, den er nach dem Tod Georg Trakls im Militärspital von Krakau von Mathias Roth, Trakls Leibburschen, der seinem Herrn auch in den letzten Tagen vor seinem Tod beigestanden war, aus Polen erhalten hat.

Roth schreibt unter anderem: »...Sie werden schon entschuldigen daß ich Ihnen nicht früher schrieb es kam nähmlich plötzlich erst den letzten Moment aus. Hätte IHnen gern noch selber Besucht durfte aber nicht hinaus und ich war so noch sehr matt. Ich bin halt zu früh weg gekomen daß ich mit Ihnen nochmals Sprechen hätte könen.
Mir nähmlich erbarmt halt mein Herr immer und daß werde ich ihn meinen Leben nimmer Vergessen.
Und auf eines dürfen wir nie Vergessen unter was für einer Nation wir drunter waren. Daß bin ich froh daß Sie es lieber Herr von meinen Herrn der beste Kolege Selber gesehen haben ich wünsche mir diese Leute nicht mehr unter die Augen zu treten...«
Mathias Roth war von Beruf ursprünglich Bergarbeiter und stammte aus Hallstatt in Oberösterreich. Ficker schreibt über jenen Brief, er sei ein »schönes Bild der Rechtschreibung des Herzens«. Roths Brief ist so gesehen ein Kardiogramm: Zeugnis eines guten Herzens, wenn freilich der Ton gegenüber den Polen im politisch-korrekten Sinn nicht unbedenklich ist.
Die *nähmlichen* Fehler oder sagen wir lieber unorthographischen Schreibungen wie im Brief des Mathias Roth aus Hallstatt sind mir aus vielen Briefen meiner Mutter, die sie mir nach Wien, später nach Saarbrücken geschrieben hat, bekannt, die Voraussetzungen von oberösterreichischen Nurmundartsprechern beim schriftsprachlichen Schreiben eben sind die nämlichen. Die Schriftsprache ist für sie eine Fremdsprache. Meine Mutter war an sich eine gute Schreiberin, im Alter aber hat sich ihre Rechtschreibung verschlechtert. Eigentlich hat sie sich nicht verschlechtert, Mutter ist vielmehr am Ende ihres Lebens zu ihren Schreibanfängen und dem,

was sie in der Schule, der Volksschule in Krenglbach, gelernt hat, zurückgekehrt. So hat sie nicht nur den *Thron,* den sie als 1896 Geborene noch erlebt hat, sondern auch die anderen Wörter wie *That* und *Thod* und *Noth* mit dem alten regulären th geschrieben. Sie hat die neueren Sprachregelungen für sich rückgängig gemacht.

Ich für mein Theil habe bereits angekündigt und wiederhole hiermit feierlich, daß ich bei der nächsten Rechtschreibreform, die einige wichtigtuerische Nivellierer geplant haben und mit Hilfe ahnungsloser Politiker durchsetzen werden, von Anfang an nicht mitmachen will. Ich will dann aus der Sprachgemeinschaft austreten. Ich gehe in den Untergrund und in den Widerstand. Ich bleibe bei *Necessaire* statt *Nessessär,* bei *rauh* statt *rau, Stengel* statt *Stängel.* Ich werde viel radfahren und hin und wieder Auto fahren. Lieber mache ich ab und zu wie beim Autofahren auch beim Rechtschreiben einen Fehler. Auch will ich es beim scharfen ß in *daß* und dem Wechsel von scharfem ß und doppeltem ss in *hassen* und *Haß* belassen. In der alten gotischen Schrift gab es bekanntlich auch einen Unterschied zwischen dem anlautenden und dem auslautenden s. Das anlautende s war das *lange* ſ, das auslautende s war *das runde s.* Daneben gab es auch das *scharfe ß.* Auch das Griechische, das Altgriechische hat zwei verschiedene Sigmata (σ und ς). Die s-Schreibung ist zu erlernen, die Deutschsprechenden müssen sich nicht dümmer stellen, als sie sind. Und es ist auch kein Malheur, wenn Schriftsteller wie H. C. Artmann oder Julian Schutting, die für sich die radikale oder partielle Kleinschreibung eingeführt haben, oder einige Medien wie die Neue Zürcher Zeitung (die nur ein s bzw. ss kennt) schon

immer von der Norm abgewichen sind. Das macht das Schrift-Bild bunt.
Meine Mutter hat auch einige von jenen Siglen verwendet, die bekanntlich ein hohes Alter haben. Es rührt mich, wenn ich in ihren Briefen, die ich von Zeit zu Zeit wiederlese, jenen Strich finde, der schon im Altertum verwendet wurde (¯), etwa als Ersatz für ein unterdrücktes m oder n, namentlich in der Geminata, dem Doppellaut (kom̄en statt kommen).
So finden sich in den Briefen meiner Mutter Anna Brandstetter, geborene Berger, Bauerntochter des Ebner in Oberham, einige sogenannte Diakritika und Kürzel, die die besonders kürzelfreudigen irischen Mönche bei der Christianisierung des Kontinents in der insularen Schrift verwendet und eingeführt haben. Manche Tilde, mancher Nasalstrich steht in Mutters Briefen ganz ähnlich wie im schönsten aller Bücher, dem *Book of Kells* im Trinity College in Dublin aus dem 7. Jahrhundert. Und natürlich hat meine Mutter, in deren Briefen öfter religiöse Ermahnungen stehen, etwa auf die Osterbeichte nicht zu vergessen, nicht nur die heiligen Namen selbst groß geschrieben, sondern auch die persönlichen Fürwörter ER, wenn es sich auf den persönlichen Gott oder Christus persönlich bezogen hat: Ich bete zu Gott, daß ER Dich segnet. Heilige irische Mönchslehrer, große Angelsachsen, Winfryd Bonifatius, Virgil, bittet für uns!
In der Wissenschaft herrscht über den Anteil der Iren, der Iroschotten auf der einen Seite und der Angelsachsen auf der anderen an der Missionierung des Kontinents keine letzte Klarheit. Wohl kann man einzelne Namen der einen oder der anderen *Partei* zuordnen, was sich aber an Vorstellungen der festländischen

Theologie schließlich der einen und was sich der anderen Schule und *Denkschule* verdankt, läßt sich nicht immer mit Sicherheit bestimmen. Vielleicht haben die Germanisten bisher vergessen, die Briefe unserer Großmütter daraufhin anzusehen... Denn sicher kann man an der Gestaltung ihrer Buchstaben noch manches ablesen. Die Wörter enthalten über ihren Literalsinn hinaus zusätzliche Informationen, sie sind auch formal das Ergebnis einer jahrtausendealten Entwicklung. Und wenn ich von Hand schreibe, schreibt die Hand meiner lange verstorbenen Mutter, die mir im Jahr 1944 die Hand geführt hat, immer noch mit. Und mich überrascht gar nicht, daß besonders begabte Menschen, die sich auf ihre Ahnen konzentrieren und lange in den tiefen Brunnen der Vergangenheit blicken und sich hineinversenken, eine Art Leviation erleben und schließlich zum Medium werden. Mir jedenfalls macht es nichts aus, wenn mein Sohn, der *Computerfreak,* mich aufmerksam macht, ich sei programmiert und fremdbestimmt.

Ich räche mich später an ihm, indem ich alles, was er für besonders innovativ und revolutionär hält, als alten Hut bezeichne. Nihil novi sub sole, sage ich und übersetze es ihm auch gleich: Es gibt nichts Neues unter der Sonne. Und das könne ich ihm schriftlich geben, und wenn er es wünscht im irischen Font, in vorkarolingischer Unziale, mit einem reich verzierten *N* in *Nihil,* als Initiale ausgeführt, mehrfarbig mit Ranken, Lorbeer und Eichenlaub oder auch mit Unheil abwehrenden und fernhaltenden Fratzen. So entspricht es dem Programm der Iren. »Wenn ich mich nicht ire«, sagt er schnippisch zurück. Zeigt er mir aber besonders eindrucksvolle Buchstaben, etwa Font Marke Outline,

dreidimensional, wie aus Draht gebogen und geflochten, die er dann vergrößert, so daß sie über den Bildschirmrand *hinauswandern* und ihre Ränder eine Art magische imaginäre Präsenz im Umraum um den Computer bilden, verkleinert er sie dann wieder auf Bildschirmformat, um sie im nächsten Augenblick um die eigene Achse oder einen Angel- und Drehpunkt außerhalb rotieren zu lassen, so staune ich doch und gebe meiner Bewunderung Ausdruck.
Jetzt will er aber auch von dieser Bewunderung nichts wissen. Er sagt, das seien doch nur harmlose Späße des Formatierens. Wenn ich ihm aber, bitte, demnächst das größere Gerät Marke Sowieso kaufe, werde er mich durch andere Kunststücke, wirkliche Spitzenleistungen erfreuen. Er werde mein *Book of Kells* in den tiefen Schatten seines Amiga stellen...
Ich lasse aber nicht von der Lehre und erzähle ihm, daß schon das Mittelalter, ja das Altertum mit den Buchstaben und Schriften gespielt habe. Es gebe etwa aus dem Altertum ein Beilgedicht von einem gewissen Simias von Rhodos, der seinen Text über ein Beil in die Form eines Beils eingeschrieben hat. Und wissen soll er auch, daß Hrabanus Maurus zu Beginn des 9. Jahrhunderts ein *Kreuzeslob,* eine *Laus sanctae crucis* verfaßt hat und seinen Text in ein Kreuz mit Längs- und Querbalken eingeschrieben hat. Und um mich vor meinen Söhnen ein wenig wichtig und bedeutend zu machen, erwähne ich wie nebenbei, daß ich um das Jahr 1968 für das Saarländische Fernsehen einen Film über die sogenannte Konkrete Poesie gemacht habe, als *wissenschaftlicher Berater,* und daß wir im Rahmen dieser Filmarbeiten eine Ausstellung in Stuttgart besuchten und dort viele Beispiele von solchen *Visualisierungen* der soge-

nannten *Visuellen Poesie* gefilmt und besprochen haben. Und ich zeige ihnen aus meiner Bibliothek in einem Band Concrete Poetry das Gedicht SCHWEIGEN von Eugen Gomringer. Damit mache ich Eindruck. Demnächst werde ich ihnen vielleicht sogar meine eigenen *konkreten* Hervorbringungen aus jener Zeit *vorführen.* Noch zögere ich, weil es sich bei meinen *Gedichten* erstens um lateinische Gedichte handelt und weil sie zweitens nicht ganz stubenrein sind, eigentlich nicht *Ad usum Delphini,* also nicht für die Erziehung der Prinzen geeignet sind.

Und da die Söhne die natürlichen, von meiner Frau selbst hergestellten *biologischen* Säfte verschmähen, und statt dessen literweise Coca-Cola eingießen, von dem sie nicht genug bekommen können, werde ich ihnen bald auch das Coca-Cola-Gedicht nicht vorenthalten. Wie von der Werbung bezahlt, sagt nämlich schon mein Jüngerer: »Coca-Cola ist ein Gedicht!« Wenn er nicht sagt: Coca-Cola ist *geil* oder *cool*, oder überhaupt *megaaffentittengeil.* Da schau, werde ich sagen:

Coca-Cola
.
.
.
.
.
.
CLOACA

Es sind gerade hundert Jahre her, daß die fortschrittlicheren unter den Schriftstellern auf Maschine *umgestiegen* sind. Damals also war die Zeit der handgeschriebenen Manuskripte, die man heute mit großer Ehrfurcht bestaunt, die man etwa im Schiller-Nationalmuseum in Marbach am Neckar – nach den entsprechenden

Vorklärungen, was die Berechtigung, die Zuverlässigkeit und die wissenschaftliche Reputation des Neugierigen betrifft – von einem sachkundigen Archivar an seinen Arbeitsplatz in der Bibliothek gebracht und auf den Tisch gelegt bekommt. Es mag im übrigen rationell sein, alle Nachlässe an einem Ort und bei Fachleuten unterzubringen, als Föderalist bin ich aber grundsätzlich dagegen, daß alles zentralisiert wird und in den Kapitalen landet. In Österreich gab es bekanntlich unter Joseph II. einen gewaltigen Zentralisierungsschub, und es stellen sich jedem Bibliothekar oder Archivar heute noch die Haare zu Berge, wenn er hört oder liest, wie damals beim Abtransport von Büchern, Pergamenten und Papieren aus den aufgelösten Klöstern verfahren wurde. Die Fuhrleute hatten es mit Zimelien, Kostbarkeiten, Pretiosen und »Wertgegenständen« zu tun – und hantierten wie Sperrmüllmänner. So wurde alles in die *Zentraldeponie Wien*, sprich Nationalbibliothek, gebracht. Zweimal Umziehen ist so gut wie einmal Abbrennen, sagt der Volksmund. Die Pferdewagen der josephinischen Einsammler hatten aber oft keine Planen, und wenn es regnete, dann wurden die Bücher und Handschriften eben naß. Und wenn der Leiterwagen einmal im Morast stecken blieb, dann warfen beherzte Roßknechte Folianten unter die Räder, damit sie wieder festen Grund fassen. Die Fuhrleute verstanden ihre Ladung im besten Fall als Fracht, im schlechteren und häufigeren aber als Ballast, den man abwerfen konnte. Eine unendliche Barbarei fand seinerzeit statt und dies alles unter dem Prätext: Aufklärung! Die Aufklärung ist nicht nur ein lichtvolles, sondern auch ein finsteres Kapitel der Geschichte. Konzentration und Zentralismus sind dem

Lebendigen und der Vielfalt gram. Heute weiß man, daß die Stärke des Menschen und vor allem seine Kreativität gerade in der sogenannten *Unschärfe* seines Denkens liegen. Die Unschärferelation ist die Stärke der natürlichen Intelligenz. Hierin ist sie der künstlichen Intelligenz überlegen, NI ist besser als AI (Artificial Intelligence). Die Maschine hat keine Intuition und keine Religion, sie ist gefühllos und fehlerlos. Das ist manchmal sehr erwünscht, aber nicht immer und überall von Vorteil. Die Maschine irrt sich nicht. Irren jedoch ist menschlich, Fehler schmücken den Menschen. Die Manuskripte sind, so gesehen, tatsächlich ein Abbild des Menschen. Ja, auch die Schriftlosigkeit hat ihre achtbaren, ja ehrwürdigen Geheimnisse. Es gibt eine Würde des Analphabetentums und der illiteralen Kulturen.

Kärnten hat Glück gehabt, es durfte die *Millstätter Genesis* und den *Physiologus,* eine Sammelhandschrift, behalten. Sie gehört bekanntlich heute dem Geschichtsverein für Kärnten und ist im Landesarchiv in Klagenfurt gut aufgehoben.

Kärnten hat Pech gehabt, als 1930 das Stift St. Paul seine Gutenbergbibel *nach* oder *an* Amerika verkaufte. Es war ein sogenannter Notverkauf. Not lehrt beten, heißt es. Not lehrt aber offenbar auch verkaufen. Man sagt auch, Armut sei der beste Denkmalschützer, doch gilt dies wohl nur für Immobilien. Besonders gefährdet sind in Notzeiten indessen Mobilien, die *beweglichen Güter.* Sie sind dann kaum noch zu halten, fangen an, sich zu rühren und zu bewegen. Es tut sich etwas. Dann trennt sich der *Notige* eben von etwas. Der Not gehorchend, nicht dem eigenen Triebe. Und es gibt viele Gründe und Rationalisierungen, die einem die

Trennung wenn schon nicht leicht, so doch *vernünftig* erscheinen lassen. Von meinem Vater habe ich oft gehört: »Keiner kann etwas ins Grab mitnehmen.« Dies ist nun wahrlich die *causa finalis,* ein letzter Grund, ein *Urgrund* gewissermaßen für den endgültigen Abschied.

Heute gelten solch hochkarätige Zimelien als unbezahlbar und unersetzlich. Wer wie ich einmal gesehen hat, wie eine Gutenbergbibel präsentiert wird, in einem Panzerschrank, einem Stahlgehäuse mit einem einzigen durch dickes Panzerglas gesicherten Fenster, durch das man, im Gänsemarsch vorbeigehend, einige Sekunden auf die Reliquie, dieses kostbare Exponat blicken konnte, der hatte wohl bei unseren Vorbereitungen für die Kärntner Landesausstellung in St. Paul von vornherein Zweifel, ob die Amerikaner, die Library of Congress im besonderen, tatsächlich aus diesem Anlaß ihre Gutenbergbibel, die sie 1930 hier erstanden haben, zur Verfügung stellen würden. Ich hielt diese Ankündigung unseres Vorsitzenden immer für eine Art operativen Scherz, um uns ein wenig aufzumuntern und bei Laune zu halten. Es wurde die Leihgabe bis zuletzt für möglich gehalten, bis dann aber nicht die Gutenbergbibel, sondern die Wahrheit an den Tag kam. Die Zeit scheint endgültig vorbei zu sein, wo man solche *Gegenstände* einfach auf Reisen schickt und großzügig herumreicht.

Es ist ein Bild von besonderer Aussagekraft, jenes Photo, das einen der beiden Rechtsanwälte des Stiftes zeigt, wie er 1930 die Bibel in St. Paul abholt, um sie in die Amerikanische Botschaft nach Wien zu bringen. Er trägt unter dem linken Arm die Gutenbergbibel – wie einen Aktenordner! – während er die Rechte dem Abt reicht. Hinter und neben dem Abt stehen die anderen Konventualen. Sie machen ernste, um nicht zu sagen lange Gesichter. Sie wissen, worum es geht. Sie haben das Nachsehen… Gleich wird der Anwalt im Nadelstreif, einem Vatermörder, mit einem Stecktuch, hellen Gamaschen über den schwarzen Lackschuhen und einem eindrucksvollen Hut auf dem Haupt in den Fond des neben der Gruppe wartenden Autos steigen, das Corpus contracti, die Bibel, neben sich auf den Sitz legen und dem Chauffeur den Befehl zum Abfahren geben. Der Motor dürfte bereits laufen, denn sonst müßte der Fahrer wohl noch einmal aussteigen, vor die Motorhaube treten und mit der Kurbel des Anlassers den Motor jenes Autos, das wir heute einen Oldtimer nennen würden, anwerfen.

Wie die Fahrt des Anwaltes mit der 42zeiligen Gutenbergbibel auf Pergament von St. Paul nach Wien verlaufen ist, kann man sich leicht vorstellen. Eigentlich kann man es sich heute nur noch schwer vorstellen. Auf Schotterstraßen über die Pack oder über das Murtal und den Semmering – von Apotheke zu Apotheke, um nachzutanken und zu wassern. Und sicher hat es nicht nur den Anwalt und seinen Chauffeur, sondern auch die Fracht ordentlich durchgebeutelt. Die Tankwarte in den Höfen der Apotheken werden sich nichts dabei gedacht haben, wenn sie auf dem Rücksitz ein altes Buch liegen sahen. Von einem alten Hausknecht kann man nicht erwarten, daß er dem *Meßbuch,* wie einfache Menschen in meiner ländlichen Umgebung jedes großformatige Druckwerk nannten, seinen Wert von außen ansieht.

So wie man auch von Zöllnern nicht erwarten kann, daß sie den Wert von Bildern immer richtig einschätzen. Mir hat die älteste Tochter des bedeutendsten Kärntner Malers in diesem Jahrhundert, nämlich Herbert Boeckls, einmal erzählt, daß bei einem Transport von Boeckl-Bildern in den fünfziger Jahren von oder zu einer Ausstellung ein Zöllner an der deutschen Grenze das *Frachtgut* sehen wollte. Als er es aber sah, mußte er lachen und sagte: Das können Sie hinbringen, wo Sie wollen. Er betrachtete die Bilder seinem Geschmack entsprechend als wertloses Gut, *Muster ohne Wert* sozusagen oder Kitsch eines Amateurs. Vielleicht hatte er daheim Bilder von röhrenden Hirschen, einem durch eine Wiese sich schlängelnden Bach und Birken an den Ufern oder auch den bekannten Druck: Jesus weint über Jerusalem. Vielleicht hat er auch selbst gemalt und wußte daher *aus eigener Anschauung*, was man unter Kunst verstehen muß.

Sechs Jahre hatten sich die Verhandlungen um den Verkauf der Gutenbergbibel hingezogen, und er brachte dem Stift unmittelbar 40000 US-Dollar. Das waren genau 283091 österreichische Schilling. Das war aber nur die Anzahlung. Schließlich bekamen die Mönche insgesamt 250000 US-Dollar. Multipliziert man diesen Betrag also mit sieben, so kommt man auf die Summe in Schilling. Und will man die Geschichte *von unten* betrachten, so soll man sich vergegenwärtigen, daß damals der Durchschnittsverdienst eines Bauarbeiters im Monat rund dreihundertfünfzig Schilling betrug. So hat der Verkauf dieser einmaligen Zimelie ermöglicht, das Dach des Stiftes zu sanieren und so die anderen Zimelien vor Beschädigung oder Verderbnis zu schützen.

Doch wer ein wirkliches Interesse an den Inhalten hat, kann sich heute sowohl den *Codex argenteus,* die Millstätter Genesis, die Gutenbergbibel wie auch das Ambraser Heldenbuch oder die Manessesche Liederhandschrift im Faksimile nicht nur ausleihen, sondern auch kaufen. Und keiner hindert ihn daran, in der Vorstadt und tief in der Provinz sich in diese Hochleistungen der Schreib- und Druckkunst, in die Mystik und Religiosität von Altertum und Mittelalter zu versenken und zu vertiefen. Keiner muß an der Oberfläche bei den Äußerlichkeiten von Markt oder Geschäft bleiben. Er kann sich von der Hingabe der Schreiber alter Handschriften nicht nur an die Buchstaben, sondern auch von ihrer Christusliebe, für die die Sorgfalt beim Schreiben steht und ein Zeichen ist, ergreifen und beschenken lassen, er kann teilnehmen an der Dankbarkeit des Ambrosius in seinen Hymnen oder des Giovanni Bernardone im *Sonnengesang.* Er kann sich einstimmen in den Geist und in die Spiritualität jener fernen Zeiten, für die jene Textzeugen stehen, von der jene Texte zeugen, das heißt Zeugnis geben. Und wenn er sich eingestimmt hat, dann kann er vielleicht wirklich einstimmen in die Gebete selbst. Das ist freilich ein Schritt über die reine Wissenschaft hinaus, die den Betern und Dichtern des Altertums und des Mittelalters bloß *zuhört,* so wie auch die meisten Hörer und Besucher der Matthäuspassion von Johann Sebastian Bach oder des Requiems von Wolfgang Amadeus Mozart bloße Zuhörer, allenfalls *von der Kunst* Ergriffene und Begeisterte sind, dem eigentlichen Geist jener religiösen Kunstwerke aber kaum folgen können. Andacht aber ist mehr als *Andenken.* Sicher braucht sich keiner schämen, der sich eingestehen muß: Ich kann nicht mit. Ich kann nicht folgen. Es ist mir zu hoch. Wäre ein solches Eingeständnis nicht eigentlich schon ein guter *Einstand,* ja der Beginn des Verstehens und des Verständnisses selbst, so wie man mit Recht sagen kann, daß die Sehnsucht nach dem Beten bereits ein Gebet sei? Keiner soll heucheln und die Augen verdrehen. Er soll Augen und Ohren öffnen. Wer hören kann, der höre. Wer sehen kann, der sehe: Hinter den Initialen, den vom Rubrikator verzierten, mit Ranken und Bildern geschmückten großen Buchstaben den Text, den *Kotext* und den *Kontext,* wie die heutige Textlinguistik sagt, um den inneren und äußeren Zusammenhang, den textuellen Zusammen*hang* und den außertextlichen Zusammen*halt* zu kennzeichnen.

Was das religiöse *Gehör* und das *Gehorchen* betrifft, hat sich in letzter Zeit ein *Gehörsturz* ereignet, ein Rückfall ins Analphabetentum, so wie sich auch das sogenannte sekundäre Analphabetentum ausgebreitet hat, wie das der Zeitungsartikel vom Beginn belegt. Und, um den Gedanken der amerikanisierten Jugendsprache wieder aufzunehmen, leiste ich mir als Zeitgeistkritiker und als eine zwar veröffentlichende, aber gänzlich unöffentliche und private Person meinen eigenen Kulturpessimismus, und ich sage uns, den Alten, und den Jungen, die nicht zuhören: Wir sind nicht okay. Ihr seid nicht okay.

Ich nehme es als ein markantes Indiz und einen vielsagenden Hinweis, daß die sogenannten *Klagenfurter Gebete* verlorengegangen sind!

Doch die Handschrift, ein Pergamentblatt, das am Verschluß eines Codex der Bibliothek des fürstbischöflichen Ordinariats Klagenfurt befestigt war, wurde Gott sei Dank abgeschrieben und abgedruckt. Die Gebete aus dem 12. Jahrhundert sind, wie vermutet wird, Teil einer sogenannten Sündenklage. Das zweite Gebet enthält aber auch eine Strophe, die eine Genesis in nuce, die Abbreviatur einer Schöpfungsgeschichte bringt: »Wir lesen in der Schrift, daß Du in 6 Tagen Himmel und Erde und alles, was sie trägt, erschaffen hast, seien es wilde oder zahme Tiere. Jedem hast Du seine Gestalt zugemessen, die es noch heute hat und immerdar haben wird.« Es ist gut, am Ende vom Anfang zu sprechen.